啓明が笑うと、いづなはわずかにはにかんだ。
それが魅力的で、たまらずに頬を両手で包む。
「俺も、気持ちいい。……おまえが、神さまだから
じゃないかもな。……好きだ。すごく、好きだ」

明神さまの妻迎え

高月紅葉

AZ BUNKO
イースト・プレス

CONTENTS

明神さまの妻迎え 7
あとがき 267

illustration den

明神さまの妻迎え

【1】


車体を倒しながらカーブを曲がり、戻して、アクセルを開く。

どす黒いブレーキ痕《こん》が残る道は、谷間《たにあい》の向こうにそびえている明神山《みょうじんやま》へと続き、崩落事故の多い峠を越えて、県境へと行き当たっていた。

新緑の深まった山の色は夏の光に眩《まぶ》しく弾《はじ》け、バイクを操る伊藤啓明《いとうひろあき》の心を重くする。

免許を取る前からバイクに跨《また》がって遊んできた啓明も、あの山を越えたことはなかった。

峠に崩落の危険があるからだけが理由じゃない。そもそも、山は好きじゃなかった。

だから、山道を転がす車ではなく、街中を暴走するバイクを選んだ。ご近所迷惑を承知で爆音を響かせ、無駄に徒党を組んでは、幹線道路を突っ走ってきた。

ただ、誰《だれ》かとつるんでいるのが楽しかっただけだ。なのに不良と呼ばれ、ヤンキーと呼ばれ、殴られたくなくて殴っているうちに、暴走族の総長になっていた。

それもそれで後悔はない。

スピードを上げたバイクの両脇《りょうわき》で、景色が流れ去る。道の先を見つめた啓明は、ひたすら運転に集中した。

バイクは好きだ。でも、長時間は乗り続けられない。

山の中は特にそうだった。見たことのない何かが並走したり、道端に立っていたり。ひやっとすることばかりが連続する。

すべてを『気のせい』で片づけ、減速してから、再びカーブへと入っていく。

抜けた先に、車を停める休憩スペースと、登山用の狭い入り口があった。その脇に立てられた看板には、登山道の由来が書かれているが、啓明はまだ一度も読んだことがなかった。

三日前のことだ。

暴走族を引退してからも変わらずにつるんでいる仲間の一人が、夜になってひょっこりと啓明のアパートへやってきた。

「仕事、どーよー」

などと軽い口調で言いながら、ハーフパンツのポケットに手を突っ込み、ぶらぶらと狭い部屋の中を物色する。

「そっちこそ、どうなんだよ」

「いやー、あっちいよね。夏は。マジ、倒れそうになる」

啓明よりも二年ほど早く引退した雄二《ゆうじ》は、兄貴の友人の誘いに乗り、工事現場で足場を組む仕事に就いている。会うたびに仕事の愚痴を繰り返しながらも、職場を一度も変えずに働き、夏は真っ黒に日焼けしていた。

「これさー。前に来たときよりも数が増えたんじゃねぇ？」

雄二の声に反応した啓明は、冷蔵庫から取り出したビールを手に、アパートの狭い台所から部屋を覗《のぞ》いた。ベッドとテレビ、それから荷物入れのカラーボックスに占められているのが、啓明の生活の場だ。

ボックスの上に並んだ木彫りを指差していた雄二の目がビールへとたどり着き、ぴかっと輝いた。

「ビール！」

「飲むだろ」

「サンキュ、サンキュ」

にかにかと笑う顔は陽気で、目の端に笑いジワがくっきり刻まれている。

「この猫、よくできてるなー」

雄二が言った。ビールのプルトップを押し上げていた啓明は、友人の指先が示している猫の彫り物に目を向けた。

手のひらに乗るサイズの小さな工作は、啓明が小刀でちまちまと彫り出したものだ。他にもウサギや犬、少し大きいものだとふざけて作った熊とシャケもある。

「なんか、いいんだよなぁ。かわいくはないけど」

そう言いながら、雄二は猫を摘《つま》み上げ、手のひらに載せる。

暴走族を引退してからの啓明は、かなり迷走した。

知り合いに職場を紹介してもらったが、どこも長くは続けられなかった。もちろん鳶《とび》もやったし、レストランの厨房《ちゅうぼう》やカラオケボックスのバイトもしてみた。

そのどれもが性に合わなかったのだ。

やっと更生すると思っていた母は嘆き、呆《あき》れきった父親はまた頭を抱えた。

しかたねぇじゃん、と啓明は言った。それは、物心ついたときからずっと繰り返してきた言葉だ。

しかたがない。

なぜなら、普通にできない理由がある。

鳶をやれば足に手が絡みつき、レストランでは厨房の端に人影が立つ。カラオケボックスが一番最悪だった。誰もいない、明かりもついていない部屋のドアが、開いたり閉じたりをひたすら繰り返す。

　そんなことは子供の頃から何度もあった。幼稚園の頃は啓明だけしか知らない男の子がいたし、小学生になると、担任教師の肩に赤ん坊の手が載っているのが見えた。

　中学校ではついに友人たちに距離を置かれ、髪の色が赤茶けていたせいもあって、学校からは問題児として扱われた。おかしなことを言って周囲の同情を得ようとする妄想癖。そう決めつけられた後では、髪の色のことをどれだけ説明しても言い訳するなと詰《なじ》られるだけだった。

　同級生からいじめられなかったのは、陰湿な嫌がらせを腕力で突き返す負けん気が啓明に備わっていたからだ。

「大工になるより、こういうのを作る人になればいいんじゃねぇの。金、取れそうじゃん」

　中学時代からツルんでいる雄二が笑う。

　悪い先輩たちに目をつけられ、バイクと煙草《たばこ》を仕込まれる中で出会った雄二は、不思議なものを見てしまう啓明のことを、誰よりも先に笑い飛ばしてくれた。

　そのおかげで、『オカルトに詳しい』ぐらいに思われ、仲間から浮かずに済んだ。

「簡単に言うなよ」

赤茶けた髪を搔《か》き上げながら、啓明も笑った。吊《つ》り気味な眉《まゆ》に比べ、目尻《めじり》は垂れている。でも、長い不良生活が板につきまくり、まるで人相はよろしくない。

それもあったのか、仕事を転々とした挙句、見るに見かねた祖父に誘われたのが、宮大工の見習いだった。まだ雑用をこなしている程度だが、一年続いただけでも啓明にとっては大きな達成感だ。現場が現場だけに、鳶をやっていたときのようなモノを見ることはなかったし、ときどきブルッと震えが来る程度なら、いくらでも我慢できた。

「これさー、もらってもいい？」

「は？　何すんの？」

遊びに来るたびに眺めていたが、欲しいと言われたのは初めてだった。

「あー、あいつにやろうと思って」

照れたように逸《そ》らした視線で、相手が誰なのかはすぐにわかる。一年前に付き合い始めたカノジョだ。

「これも、神社を建てる木材の余りなんだろ。お守りにいいかなーとか思ってさ。おまえもさ、続けられそうな仕事が見つかってよかったよな」

笑いジワを浮かべている雄二の目がキトキトと左右に揺れる。

啓明は不思議な気持ちでそれを見守った。胸の奥がざわめいて、なんとなく良い気分ではない。

「俺なぁ、結婚するわ」

木彫りの小さな猫へ向けた友人の目が、ついっと細くなる。

「はい？」

「いやぁ、なー。なんていうの？　オンナがこれになっちゃって」

片手で腹が膨れる真似《まね》をした雄二は、その露骨な表現とは裏腹に、笑いジワも消えそうなほどデレデレになっていた。ハッと気づいて取り繕おうとしたが、お世辞にもうまくいっていない。

慌てて背中を向けた雄二は、木彫りの猫をポケットに押し込んだ。ビールのプルトップを押し上げ、腰に手を当てる体勢でごくごくと喉《のど》を鳴らした。最後に、勢いよく息を吐き出す。

「まぁ、やるのはいいけどさ」

啓明は目をしばたたかせた。心の奥のモヤモヤが、さらに大きくなったような気がする。

「おまえが作ったなら、なんか魔除《まよ》けにもなりそうだろ」

ベッドへ腰かけた雄二の言葉に、啓明はくちびるの端を歪《ゆが》めた。

「さー、それは微妙。変なのが寄ってくるかもよ」

言った後で意地が悪いと気づき、

「なんてな」

と、とっさに言い繕う。

「いや、そんなことは絶対にないから」

雄二に断言され、啓明は小首を傾《かし》げた。

いつかも、こんなことがあった。酔っぱらって弱音を吐いた啓明の肩に腕を回し、同じように泥酔していた雄二が、強い口調で啓明の弱音を否定したのだ。

「来週、結婚式するから来てくれよな」

「なんだよ、それ。早いな」

「もう腹が出てんだよ。そのくせ、着物が着たいだの、ドレスが着たいだのってうるさくって。だから、まぁ、早いに越したことないかなって。披露宴はしないんだけど、仲間集めての飲み会はしようかなって思ってる」

「あっそう。いいんじゃゃね？」

「なんだよ。冷てぇな」

拗《す》ねたような口調で言われ、啓明は眉をひそめた。

「はぁ？　結婚すんのはおまえだろ。俺がキャッキャッしてどうすんだよ」

「おまえに、一番に、と思って……」

「そんな連絡、電話でもよかったのに。えっと、いつ？　来週の末とか？　スマホに予定入れとくわ」

ローテーブルにビールを置いて、携帯電話を探す。

「啓明」

画面を操作している手元に、雄二の影が差した。

「なんだよ。嫌なら、やめればいいだろ。っつーか、デキ婚なんて運が悪いな」

笑いながら揺らした肩に、雄二の手が載った。背筋がびりっと痺《しび》れ、顔を上げるに上げられなくなる。

「やめろって、思ってんのか」

ナーバスな声が深く沈む。

啓明は何も言わずに画面の操作を終え、肩に摑《つか》まっている雄二の手を叩《たた》いた。

「思ってる、思ってる。二十三にして、家族がデキちゃうなんて、モロにヤンキー人生じゃん」

「おまえさ」

「詰んだかもねー」

何かを言おうとする雄二の言葉を遮った。

一番に伝えたくて。

そうは言うけれど、いつだって事後報告だ。バイクを買ったときも、暴走族を抜けたときも、就職したときも。雄二はいつだって、すべてが決まった後で一番に報告してくる。それを今までは疑問にも思わなかった。だけど今回に限っては、胸の奥がどんよりと重い。

雄二の携帯電話が鳴り、啓明は出るように目配せを送る。その場を離れて、さっきまで雄二が座っていたベッドの端に腰かけた。

ビールが味気ない。炭酸が抜けたようで、苦味が口の中に広がる。部屋の隅には、いつもの黒い影が天井からぶら下がっていた。たぶん、人の足だ。

それが男か、女のか。今日もぼんやりと想像して、啓明は結局、どっちでもいいと思う。

「え？　明日？　それってどこよ」

仲間と話しているのか、雄二は少し面倒そうだ。

「そんなとこ、あったっけ？　まー、いいけど」

話し続ける雄二の足元へ、啓明は目を向けた。ふいに、なんとなく。

視線の先で、畳からぽこりと何かが突き出ていた。白い、モヤモヤとしたものが、雄二の足へまとわりつこうとして、ひゅっと消える。

「どこに行くって？」

畳から目を逸らし、電話を終えた雄二の背中へ声をかける。

「いや、別に。これからサエのところに顔出さなきゃいけないから、今日はこれで帰るわ」

「なんだよ。後があるなら言えよ。ビールなんか出さなかったのに」

「ちょっとしか飲んでねぇから、残りは啓明にやるよ」

「いらねぇっつーの」

テーブルに缶を置いて、雄二は早々とスニーカーを履き直す。

「なぁ、雄二」

「なに」

つっけんどんに返ってくる声に、憤りの色があった。場の空気が重い。

「詰んだとか言って悪かった」

「あぁ、別に……。俺もちょっとは思ってる。でも、サエのことは好きだし、子供も楽しみだ」

立ち上がった雄二は、それでも肩越しにさえ、振り返らなかった。

「けどさ、おまえには、言われたくなかったなぁ。来週のことはまた連絡する」

背中で拒絶されて、啓明は距離を開けたまま見送った。

ドアが開き、雄二が出ていって閉まる。


その翌日、啓明の親友は、行方不明になった。


景色が流れていく。そのただなかで、啓明は奥歯を嚙《か》みしめる。

山へ肝試しに行った雄二が、仲間からはぐれたまま帰らなくなって三日が過ぎた。仲間中に連絡が回ったが見つからず、ついには両親が警察へ捜索願いを出した。

婚約者のサエはショックで入院し、一時は流産かもしれないと騒ぎになったが、なんとか持ちこたえている。

結婚が嫌で逃げたんだと口さがないことを言うヤツらもいたが、雄二の性格をよく知っている仲間たちは反発した。

優しくて、男気があって、笑い上戸な雄二が、何もかもを投げ出して逃げるなんてことはありえない。

でも、と啓明は思う。

緑の山が視界を過《よ》ぎる。眩しくて目を細めた。

雄二はナーバスになっていたはずだ。啓明の家を出ていく前に口にした言葉さえも、自分に言い聞かせるためだとしたら、真相はわからない。

山道を延々と走っていた啓明は、また同じ山を見ていると気づいてスピードを緩めた。上り下りを繰り返し、右へ左へと曲がっている。それなのに、視界が開けた先に見えるのは決まって、谷間の先にある明神山だ。その形も変わらない。

「冗談だろ」

バイクをガードレールに寄せて停めた。元々、車の往来は少ない山だ。この先には集落らしい集落もない。

そもそも、『この先』は自分の思っているようなものなのだろうか。

啓明の背筋に冷たいものが流れた。

ヘルメットを取って、髪を揺らして掻き上げた瞬間、息を呑《の》んだ。

汗だくになっているのに、涼しい。

渋滞もしていない山道でバイクを走らせれば、爆風に身体《からだ》がさらされて寒いぐらいに感じることもある。

なのに、身体はじっとりと濡《ぬ》れていた。

「ヤバいな」

音が何もしなかった。うるさいほどに泣いているはずの蟬《せみ》の声も、バイクのエンジン音さえしない。

とっさに、携帯電話を探した。背中に添わせたバッグを下ろし、ファスナーを開く。中身はたいして入っていない。財布と携帯電話とペットボトル。猛烈な焦りに襲われ、手が震えた。荷物を探っているだけなのに、ブルブルと震えて止まらない。

どこかで道を間違った。間違えるはずのない道に入ったのだ。

ありえないカーブを曲がってしまった。

「くっそ……」

携帯電話が目に入る。ガッと摑んでボタンを押すと、アイコンの並ぶ待ち受け画面が表示された。

「電波入ってんじゃん」

ホッとして、ＬＩＮＥのアプリアイコンを押した。

「引き返せば、帰れんのかなー」

無音の世界の中で、啓明はのんきにつぶやく。

『山で道に迷ったっぽい』と送信してしばらく待つと、返信があった。設定しているはずの通知音は鳴らなかったが、携帯電話は手の中でブルブル震えた。

ホッとして、ガードレールに腰を預ける。そして、画面を覗き込んだ瞬間、身体がぐいっと引っ張られた。身体全体が風に煽《あお》られてのけぞるように引き込まれる。

手にした携帯電話が宙に舞い、アスファルトへと落ちていく。

啓明の身体は、ガードレールを越えて、山の斜面へと落下した、はずだ。なのに、背中に衝撃はなかった。斜面もなければ、山もない。真っ青な空だけが目の前に見え、深く深く落ち続けていった。

【2】

昨日、啓明の夢枕《ゆめまくら》に、雄二が立った。

ただ、おめでとうと言われたかったのかと思う。

好きな女と結婚して、子供が出来て、家族になる。

そんな大事なことを予感もさせずに決めてきて、一番に報告したから喜べなんてのは、勝手な言い分だ。

振り返りもせずに部屋を出ていった。あの背中に滲《にじ》んでいた不安を、啓明は後押しできなかった。

おめでとうと思う気持ちがなかったわけじゃない。

結婚を決めたのが雄二でなければ、啓明だって諸手《もろて》を上げて祝っただろう。それができずに悪態をついたのは、ふたりが親友で、余りにも近くに居すぎたせいだ。

ふざけ合って、ぶつかり合って、ケンカも殴り合いもしてきた。だからこそ、あのとき、啓明はひねくれた。

引退のときも、仕事に就いたときも、雄二は自分で決めてから啓明に打ち明けた。それを心のどこかでみずくさいと感じ、親友に置いていかれるような不安を抱いていた。

だからって、雄二の人生の大きな分岐点で、あてつけるように嫌がらせを言うことはなかったのだ。

見上げる木々の向こうに、青い空がチラチラと見えた。身体を起こすと、あちこちが痛む。落ちている途中で気を失い、どすんと地面に落ちる衝撃で目が覚めた。

しばらくはぐるぐると回っていた視界も、いまはなんとか焦点が合う。

「どこ、ここ」

木々が揺れている。なのに、やはり音は何も聞こえない。

ふいに柔らかなものが肌に触れ、啓明はぎゃあっと叫んで飛び上がった。

「いってぇ……。イテテテ」

腰を押さえて、うずくまる。顔のそばをするりと何かが通った。感触は柔らかな毛だ。長いしっぽが頬《ほお》を撫《な》でる。

猫だった。

きれいな毛並みをした三毛猫が、しっぽをピンと立てて、啓明を振り返る。それから、すっと顔を前へ戻し、二、三歩進んで、また振り返った。

ついてこいと、しっぽが揺れる。

「……まいったなぁ」

なんだか危ない。嫌な予感しかしない。

ゲームや映画なら、この後、とんでもないオカルトなことが待っている。そう思いつつ、啓明は立ち上がった。

腰をさすりながら、猫の後を追う。

「肝試しなんかするなって、あんだけ言ったのに。あいつらは……」

愚痴をこぼして林を抜ける。

廃屋探検だとか心霊スポットだとかの情報は、どこからともなく入ってくる。霊が見たいから一緒に行ってくれと言われてブチ切れてからは誘われなくなったが、仲間の何人かが悪ふざけの暇つぶしを続けていることは知っていた。

不参加組だった雄二が参加したのは、結婚前の景気づけだったと仲間は申し訳なさそうにうなだれた。そんなことの何が景気づけになるのか。わからないでもないけど、わかりたくない。

肝試しに参加した雄二の行為が、結婚を喜ばなかった啓明へのあてつけのように思え、治めたはずの憤りで、また、はらわたが煮えくり返る。

「くっそ……」

肩や背中や足が痛い。木の幹に手を押し当て、啓明は大きく息を吸い込んだ。カーキ色のシャツの袖《そで》で額を拭《ぬぐ》う。

暑いとも寒いとも感じなかった。渦を巻くような苛立《いらだ》ちを拭いたい願望が、無意識の行動になって啓明に額を拭わせる。

わけのわからない場所へ紛れ込んでしまった不安は尾を引いていた。でも行方不明になった雄二と会えるかもしれない可能性の方に気持ちは揺れる。

林を抜けて、視界が広がった。先を歩いていた猫が駆け出していく。

目の前に滝があった。落差が大きく、水量も多い。滝つぼへ落ちる水がしぶきになって、キラキラと輝く。なのに、無音だ。違和感は、もういまさらだった。

声を出せるのに、音は何もない。他に人がいるのかどうかも怪しいと思いながら、猫の後を追おうとした啓明は、足を止めた。

滝つぼのそばに、切妻屋根の、小さな赤い祠《ほこら》がある。一直線に走っていった猫が、そのそばでスッと消えた。びくっと肩をすくめた啓明は、ゆっくりと足を運んだ。

赤というよりは朱色の祠に、紙垂《しで》が下がっている。不思議なほど新しく、清々《すがすが》しい。

猫の消えた場所には人が倒れていた。見覚えのある上着に、背格好。はやる気持ちを抑えて近づくと、それはやっぱり雄二だった。

仰向けになり、手足を伸ばした姿で、まぶたを閉じている。

死んでいるようには見えなかった。

「ビンゴじゃん」

独り言を口にして、よしっと拳《こぶし》を握る。その後のことは何も考えていないのが啓明だ。

とりあえず、雄二を捜しに来て、雄二に会えた。これは成果だと短絡的に考える。

「面倒かけんなよ。ばかユージ。帰るぞ、こら」

揺すり起こそうとした瞬間、肩に何かがぶつかってきた。吹っ飛ばされた啓明は砂利の上に転がり、チカチカする目を袖で拭った。

ぶつかってきたのは、猫よりも大きな塊だった。それがどすんと腹の上に乗り、啓明は呻《うめ》いた。

「いってぇだろ！　ボケが！」

とっさに身体を起こし、拳を振りかぶる。相手が妖怪だろうが幽霊だろうが、痛い目にあわされて黙っている筋合いはない。

手を伸ばすと、胸ぐらを摑めた。

でも、拳は振り下ろせない。

啓明の腹からずり落ちているのは、幼稚園児ぐらいの小さな子供だった。白い着物に白い帯を巻き、あごのラインでパッンと切ったおかっぱの黒い髪の中から耳が生えている。細く尖《とが》った耳は、ふさふさとした毛に覆われ、人間とはまったく違う場所からにょきりと突き出ていた。

一目見て、人間じゃないとわかる。でも、顔は人間そのものだ。目がくりくりと大きく、小さな鼻がかわいい、人間の男の子そのもの。

「触るな、ばかもの」

ぷくっと膨れた頬と細い声に毒気を抜かれたが、言われた内容に啓明は眉をピクリと動かした。

「せっかくヌシさまが清めたんでねぇか」

腹の上から飛び降りた子供は、雄二の顔を覗き込み、ホッとしたように胸を撫で下ろす。

「番を頼まれたというに、障りでもあったら大変だべ」

一生懸命に話す口調は舌ったらずで、子供にばかと言われて腹を立てた啓明は、バツの悪さを隠すようにその場にあぐらをかいた。

「……こいつ、死んでるわけじゃないよな?」

尋ねると、子供の耳がぴくぴくっと動く。

「身体から、魂を抜いてあるんだべさ。こうしておけば、山の者も気づかんでよ。向こうさ帰すまでは、どれぐれぇか」

言葉を口にするたびに揺れる耳の先は、そこだけ毛並みが違う。ぴんぴんと硬そうな毛が飛び出ていた。

「それもヌシさまってやつがやってくれんの？　山の神さまってやつ？」

触りたい欲求をこらえて聞くと、子供がハッとしたように飛び上がった。丸い目がさらに丸くなり、こぼれ落ちそうだ。

「おまえ、人間か。困った。また山のものがうるさい」

小動物のような動きであたふたと動き回り、またハッと空を仰いで止まる。くるりと振り返った。

「ほんに、人間か？」

「え、まぁ……人間ですけど」

言い終わらないうちに、リーンと鈴の音が聞こえた。子供にも聞こえたのか、細い耳がぴんっと立つ。

その音は、啓明の頭の中に直接響いていた。初めは小さく、だんだん大きくなっていく。心地のいい音だと思ったのと同時に、どんっと衝撃が来た。砂利の下から突き上げるような一瞬の揺れに、ぐらりと視界が揺れる。祠の前に下げられた白い紙垂がひらめいた。

観音開きの戸が動き、目も開けていられない突風が吹き抜ける。とっさに子供を抱き寄せた。胸に抱く。

颪は渦を巻き、息もできないほど苦しくなる。

「ヌシさま！」

子供が叫んだ。身をよじらせ、啓明の腕から飛び出していく。

強風の中で、啓明は大きく喘《あえ》いだ。息を吸っても吸っても、空気が入ってこない。パニックに襲われ、闇雲《やみくも》に伸ばした手を誰かが摑んだ。

人間の手だ。五本の長い指が啓明の指に絡み、握り返すとくちびるに柔らかな感触が当たった。やっと息ができる。

肺にたっぷりと酸素が供給され、安堵《あんど》で力の抜けた身体に腕が回る。抱き寄せられ、ハッと我に返った。

抵抗しようにも身体に力が入らない。

目の前にいたのは男だった。くちびるが深く合わさり、舌が乱暴なほど口の中を這《は》い回っている。

ぶるっと身体が震え、目の前にチカチカと光が走る。嫌悪感とは違う背徳的な感情が沸き起こり、気持ちがいいと思いそうになった啓明は目を閉じた。

渾身《こんしん》の力を振り絞って身をよじる。

くちびるがはずれ、やっと抵抗らしい抵抗ができた。平たい胸を押し返すと、相手は素直に身を引く。

「……っ」

風が止《や》み、巻き上げられていた砂利が、無音で川原に落ちる。

「なに、すんだよっ！」

相手の胸ぐらを摑み、みぞおちに拳をめり込ませた。

手は確かに肉を叩いた。なのに、相手は平然と微笑《ほほえ》んでいる。

「威勢がいいんだな」

男の声は、さっき頭の中で響いた鈴の音のように涼しい。

ケンカ上等とばかりに睨《にら》みつけていた啓明は改めて身構えた。

子供と同じ白い着物を着た男は、砂利の上に膝《ひざ》を立て、乱れた長い髪を片手で掻き上げる。袖から出てきた白い肌が露《あら》わになり、啓明は目を見張った。

女でも珍しいスーパーロングの髪は柔らかに波打つ。

そこにいたのは、啓明が初めて見る、とんでもないほどの美形だった。引き締まった頰は精悍《せいかん》でも、顔のつくりはことごとく繊細で、切れ長の目と高い鼻に凜《りん》とした雰囲気があ

る。

「無礼をした。許せ」

ふっと微笑まれ、啓明は愕然《がくぜん》としたまま、まばたきを繰り返した。マネキンのような美形の口が動き、何かを話している。

「ヌシさま！　こいつは、本当に人間か。動いてるべな」

美形の腕にがしっとしがみついた子供は満面の笑みだ。ぐりぐりと押しつける頭を乱暴に撫でられ、いっそう笑顔が弾ける。

心和む風景だ。これが、異次元の中でなければ。

そう思う啓明の心を読み取ったのか、美形が顔を上げる。まっすぐに視線を向けられ、啓明はうつむいた。

あんまりに顔が整いすぎていて、真正面から見ていると目がつぶれてしまいそうな気がする。

「この男の、近親のものだな」

「キンシン？　親友だよ。なぁ、ここってどこ？　どうやったら帰れる？」

やっと会話の成り立ちそうな相手を見つけ、視線をわずかに逸らしたままで質問攻めにする。

「帰る？　ならば、なぜ、こちらへ来た」

不思議そうに質問を返され、啓明は眉をひそめた。

「はぁ？　こいつを捜してたら、ガードレールから落ちたんだよ。……その前に、道に迷ったんだ」

「子供が道を違《たが》えることは数多いが、それは子供だからこそだ。……望まねば、道は開くまい。あの場所は特にそういう場所だ」

男はなおも首を傾げ、不思議そうにしている。

「そんなことは知らねぇよ。これって神隠しってやつ？　なんでもいいけど帰り方を知ってるならさくっと教えてくれ。無理とか言うなよ」

むちゃくちゃなことを言っている自覚はあった。

でも、一番大事なのはそこだ。

「無理ではないが……。申し訳ないが、いまの状態で帰すとすれば、どちらか一人が限界だ」

「いまの状態って、こいつの？」

「いや、こちらの都合だ。人など、長く落ちてはこなかったが、来るときは来るものだな。しかし、連れ合いがいるとなると……」

考え込むように首を傾げた男は、長くきれいな指先をあごに添える。

「ヌシさま。こいつが人間なら、また山のものが騒ぐべな」

男の膝の上に座る子供が顔を上げた。

「そうだな。しかも、いつもより厄介なことになる」

子供と目を合わせていた男は小さく息をつき、ちらりと啓明に視線を向ける。啓明はその場に正座した。

恥も外聞も、男のプライドなんてものも、すべてかなぐり捨てて両手をついた。

「お願いします。雄二を、この男を元の世界に戻してやってください！」

勢いよく、砂利の上に額をすりつけた。

「結婚するんだよ！　もう日取りも決まってる。こいつはすごく楽しみにしてて……。俺なんてどうでもいいから！　お願いします、お願いします！」

胸が押しつぶされそうな心地がした。後悔が波のように押し寄せ、声が詰まる。

あんなことを言わなければ、雄二は肝試しになんて行かなかっただろう。落胆させたのだ。信頼を、心ない言葉で踏みにじった。

置いていかれるのが寂しくて、いつまでも楽しくツルんでいたくて、家族を持つことでステージを上げようとする雄二の決断が嫌で……。

家族よりも家族だった。

怪しいものを見て突然立ち止まってしまう啓明のことを、初めて受け入れてくれたのは雄二だ。一緒にいることが心地よくて、楽しくて、お互いに相手が女だったらなぁと泥酔のついでにふざけたこともある。

だけど、結局、男同士だ。いまさらどっちかが女になって解決する話でもない。

いつか、お互いに家族を持ち、道は分かれて戻らない。

いままでのように、気安くはいられなくなる。知っているからこそ、まだ終わりを告げないで欲しかったのだ。

「それこそ、ふたりでなければ意味がない」

男の声が凜と響く。

「そりゃ、結婚式には出たいけど！」

今度はきっと、喜んでやる。どんなに寂しくても、作り笑顔ができなくても。雄二の決断に間違いはないとその背中を押してやる。

そうして欲しくて、雄二は会いに来た。

啓明が信頼していたように、雄二もまた、啓明を誰よりも頼っていたのなら、もう二度と踏みにじらない。

「当事者が揃《そろ》わぬ婚礼では意味がなかろう」

「だから！　こいつが先に戻らなきゃ、いけないんだよ！」

「……山のものが気づいたな。雪風巻《ゆきしまき》、結界を頼む」

子供がぱっと駆け出し、祠の周りをぐるぐる回る。着物から突き出たしっぽは根元がふんわりと太く、狐《きつね》のそれだ。走るたびにふわふわ跳ねる。

子供はところどころで立ち止まり、両手を合わせて何やらつぶやいた。

「いまは時間がない。この者を先に帰す。おまえのことは、友人に相談して、早急に帰せるよう算段をつける。山のものに見つかっては面倒なことになる」

着流しの裾《すそ》を捌《さば》き、男が立ち上がる。すっと背を伸ばした姿は、かなりの長身だ。

「自分を犠牲にするとは、よほど好いた相手なんだな」

雄二のそばに膝をついた男のつぶやきが耳に届き、

「俺がいままで生きてこれたのは、雄二がいたからだ」

啓明は答えるでもなく口にした。言った後で、おおげさだと思う。でも、嘘《うそ》ではない。だから、くちびるを引き結んで、雄二が無事に帰れるようにと心から祈る。

「下がっていろ」

男に言われて距離を取ると、どこからともなく、リーンと鈴の音が響いた。

さっき聞こえたのと同じ、涼やかで心地のいい音が連続する。

やがて、雄二の身体だけを、小さな竜巻が包んでいった。

距離を取っていても目は開けていられず、手をかざしてまぶたを伏せた。

どうなったのか、わからない。竜巻が収まり、消滅した後には何も残っていなかった。

「これで男は元いた場所へ戻した。日もそれほど過ぎてはいないだろう。……そなた、しばらく同行を願うが良《よ》いな」

良いも悪いもない。こんなところへ放って置かれるぐらいなら、行先が地獄巡りであっても、連れていってもらった方がマシだ。

「雪風巻、おいで。宇賀神《うがじん》のところへ行くぞ」

「はいな、ヌシさま。でも、どうやって行くべか。飛ぶ力もおありでねぇのに」

「そなた、名前は」

急に振り返った男と目が合ってしまい、啓明はその場に硬直した。きれいすぎる相手に緊張するというのは本当だ。

相手が男だとわかっているし、美形といっても女のそれとはまるで違う。なのに、不思議なほど目を奪われる。

「……ひろあき」

「ふさわしい名だ」

微笑まれて、頬が熱くなる。男相手に何を血迷っているんだと自分を詰りながら、目を大きく開いて相手を睨む。

「そっちの名前は？」

「ヌシさまに、なんて態度を取るべか！　この不届きもの！」

子供が眉を吊り上げ、啓明を蹴《け》ろうとしたところで男に引き寄せられた。

「これこれ。おやめ。無理を強いているのはこちらの方だ。すまぬな。私の名前を教えるのは良いが、『結縁《けちえん》』することになる。かまわぬか」

そう言うと静かに人差し指を立てる。

「もう一度、口づけを頼みたい」

「はぁっ!?　名前聞いただけでキスさせろって、なんだそりゃ！　だいたい、ケチエンってなんだよ」

啓明が叫ぶと、急にあたりがざわめいた。さっきまでの静けさが嘘のように、鳥の羽ばたきが近づいてくる。

音が幾重にも重なり、かなりの大群が押し寄せている気配だ。

「早いな、ヤツらは」

肩で息をつく男が、滝の向こうを振り仰ぐ。

「啓明。山のものが来る前に出かけたい。悪いようにはせぬから、目を閉じてはもらえないか」

「……開けたままじゃダメなのか」

「それでも良いが……、好いた相手を想像する方が気も楽だろう」

「うっせぇよ」

そんな相手がいないから、雄二の結婚が気に食わなかったのだ。素直に喜べなかった理由のひとつだと、いまさら思い知らされて苦々しい。

「子供は見るなよ」

雪風巻の腕を摑んで引き寄せる。目元を手で覆うと、その頭越しに男が顔を寄せてくる。くちびるが重なり、思わず引いた首の後ろを引き寄せられた。

「……んで、舌をっ……」

首を振ったが無駄だった。やわやわと舌が絡み、キスがこんなに気持ちいいものだと初めて知る。

開いたままの目の先で、伏せていた男のまぶたが押し上がる。水を入れたように濡れた眼球は黒色だ。それが光を受けているのか、チラチラと赤く見えた。

啓明の目は茶色く、光の加減で緑に見えると言われたことがある。それと同じだろうかと考えたが、そもそも相手は人間じゃない。

何色だろうとアリだ。

「んっ……」

舌を絡めたままくちびるをぴったりと重ねられ、啓明は思わずまぶたをぎゅっと閉じた。唾液《だえき》をすすられて、耐えられなくなる。身体中に怖気《おぞけ》が走り、心臓がひっくり返りそうになった。

「……う、わっ……」

迫ってくる胸を押しのけ、奥歯を噛んで睨みつけた。

気持ち悪いと思ったはずなのに、とんでもない場所が反応している。それを子供には知られないように、飛び退《すさ》って隠す。

「いづな！　てめぇ、わざと……」

手が硬いバイクに触れ、突き倒したかと慌てて抱き留める。違和感は後から来た。

聞いてもいない名前を知っている。

その上、目の前に停まっているのは、刺さったままのキーについているキーホルダーもそのままの、見慣れた啓明のバイクだ。

「とてもじゃないが、そなたを抱いて飛んでいくほどの力がない。だが、これに呪《じゅ》をかけることはたやすいのでな」

「抱くとか言うな。きもい」

キッと睨みつけ、さらに近づいてきている鳥の羽音に眉をひそめた。不穏な音に胸が騒ぐ。

「これって動くの」

「動かせる。運転は任せるぞ。どうも機械は性に合わんのでな」

そう言いながらも、いづなはダンデムシートの後ろに跨がり、両手を上げた雪風巻をひょいと抱き上げて自分の前に乗せる。

「道がわかんないんだけど……、川に沿って行けばいい？　モトクロスじゃねぇから、コケるかも」

「そんな心配は無用だ。ハンドルさえ握っていてくれれば、後は風が運ぶ」

急げと言われて、啓明はわけがわからないままバイクに跨がった。いつものようにエンジンをかけても音がしない。でも、計器は動き、かすかな振動が伝わってくる。風が後ろから吹いてきて、思わずアクセルをふかした。

三人を乗せたバイクが砂利の上を滑り出す。ごつごつとした衝撃があるかと身構えたが、驚くほどスムーズだった。

「浮いてんのかよ……」

茫然《ぼうぜん》としたまま、啓明はバイクに乗っている格好だけをつける。いづなに言われた通り、何もしなくてもバイクは走った。砂利の上を浮いた勢いのまま、一直線に空へと駆け昇っていく。

不安定さがないのは、そよそよとしか感じない風が、両脇を支えるように吹いているからだ。

「飛ばすぞ」

後ろからいづなの声がして、

「ハンドル握ってんのは俺だろ!」

啓明は思わず肩越しに文句をつけた。


日本列島を東から西へと移動する空の道行きは日暮れまで続き、大きな湖のそばにある山で一泊することになった。

バイクに乗りっぱなしだったわりには身体が軽く、頻繁に休憩したおかげなのか、疲れるというほどでもない。

啓明がいた世界と、転げ落ちてきた『こちら側の世界』は、ちょうど紙が重なるように存在しているのだと、ここまで来る間にいづなから説明された。

ここは滋賀県。目的地は奈良の山だ。

夜は定期的にやってくるが、向こうの世界とは時間の流れ方が違うという話だった。それも一定方向ではなく、こちらの世界での三日が向こうでは五年だったり、十年遡《さかのぼ》ることもある。長くこちらで暮らすと時間の感覚がなくなり、普通の人間なら気がおかしくなるか、人ではない何かの犠牲になってしまうらしい。

社《やしろ》を取り囲んで浮かぶ狐火のひとつを見上げた啓明は、大きく伸びを取った。穏やかなオレンジ色の光は、木から吊り下げられているように見える。そよそよと、かすかに揺れていたが、枝に仕掛けはない。

それ自体は小さく、五つほどしか浮いていないのに、社の周りは街灯がついてるように明るかった。

「ただいま、戻りましたぁ！」

木立の足元の草むらががさがさと鳴り、元気な声とともに雪風巻が飛び出してくる。小さな身体で風呂敷《ふろしき》包みを背負い、両手で大きな白木の角樽《つのだる》を持っていた。

「おかえり」

背中に声をかけ、重たそうにしている角樽を引き受けると、見た目以上にずっしりとくる。祖父の仕事先で何度か見た角樽は、神前に並んだ朱塗りの祝い樽だったが、これも中身は酒なのだろう。

雪風巻が社に向かっていづなを呼ぶ。

「お着替えとお神酒《みき》も分けてもらいました」

「よくよく、ご挨拶《あいさつ》してくれただろうね」

暗闇の中から出てきたいづなは、階段に腰かけた。

「はいな。ご加減がよろしゅうなれば、また顔を見せて欲しいと言っておられたで」

するりと風呂敷包みを下ろした雪風巻も、向こうで着替えてきたのか、子供らしい紺《こん》絣《がすり》の着物姿になっている。柔らかいリボン結びの下から突き出た、ふわふわのしっぽが揺れる。

「これはここでいいか？」

風呂敷包みのそばに角樽を置くと、いづながおもむろに栓を抜いた。

「良い水の匂《にお》いだ。相も変わらず、こちらは信心深い氏子をお持ちと見える」

ふわりと甘い匂いが漂い、啓明と雪風巻の身体も思わず前のめる。

「雪風巻、味見をして良い。啓明に手伝ってもらいなさい。着替えは一人でもできるから」

着物を風呂敷で包み直して抱えたいづなが、真っ暗な社の中へ消えていく。

「これ、酒じゃないの？　おまえ、子供だろ」

「ワッチは子供じゃねぇ！」

尖らせるくちびるが子供そのものだ。

「まぁ、いづながいいって言ってんだからいいか。コップみたいなのは？」

「升と塩をもらってきたのだべ！」

そう言って、両袖から三つの木升と、折りたたんだ紙を取り出す。それから、細長い円《えん》錐《すい》のものを樽の口に突っ込んだ。中がくり抜いてある。

「あぁ、なるほどね」

重い樽を持ち上げて傾けると、その細長いクチから、酒はこぼれることなく升へ入った。

飲むのが子供だと思うと、どうしてもたっぷりとは入れられない。ずいぶんと少なくしたが、文句のひとつも言わないで、雪風巻は小さな両手をぴったりと合わせた。

「ヌシさま。ありがたくいただきます」

微笑ましい子供の挨拶だ。そのまま小さな手が木升を包んだ。子供の口には大きいが、慣れているのか器用に飲む。

「うまいの?」

聞くまでもなかった。飲んでいる先からしっぽがパタパタと動いている。

「うまいでよ～っ」

舌でくちびるを舐め、両肩をすくめてぶるぶるっと震える。ぴんっと立った細い耳が、すぐにぺったりと髪に添う。

どうしたのかと見ている啓明の目の前で、大きなあくびをした。

「疲れたんだな。重たかったよな」

そう言って頭を撫でると、ぷいっと顔を背けてしまう。

「雪風巻。啓明にもふるまってあげなさい」

いづなの声がして、雪風巻は素直に木升を引き寄せた。酒は啓明が自分で入れる。

階段に座り、

「いただきます」

と口にしてから、角にくちびるを押し当てる。思った以上に飲みにくい。傾けると一気に流れ込んでくる。

「へたくそだべぇ」

隣に座った雪風巻にケラケラ笑われた。

「うるせぇよ。……あ、いけるな。これ」

洋酒ばかりを飲んできたのは、日本酒をおいしいと思ったことがなかったからだ。口に含むと、米の甘みが鼻に抜け、飲みやすくはないが味がある。

「腹は減らないのに、酒は飲むんだな」

「お神酒は滋養があるでよ。身体にえぇんだ」

「じゃあ、もっと飲みたいんだろ？」

啓明の問いかけに、ぶるぶるっと頭を振る。

「ワッチは身体が小さいで、飲みすぎはよくねぇ」

わきまえているのだと自慢げに胸を張る姿に、啓明は目を細めた。

「おまえって何なの？　化けキツネの子供？　そのうち、しっぽが割れてくるのか」

「そりゃあ、おまえ、九尾のキツネでねぇか。そんなものにはなれねぇよ。ワッチは管《くだ》狐《ぎつね》だでよ」

「クダギツネって？」

「細っこいキツネで、ヌシさまのために働くんだべ」

「キツネはキツネなんだな」

ふぅんと相づちを打って、雪風巻の耳にそっと指を当てた。柔らかな毛並みに驚いた。耳の先端の毛はチクチクとしているが、他は撫でるだけで艶《つや》が走る。

「何すんだ」

キッと睨まれたが、何も怖くない。啓明は、ことさら、にかっと笑い返してやった。

「なでなでしてんだよ。おまえがイイ子だからな」

耳がぴくっと動いた。

むすっとしたまま動かなくなった雪風巻だったが、嫌な気はしないのか、しっぽがさわさわと揺れ、次第に啓明の方へと寄ってくる。

それに気づいた啓明は、手のひら全体で耳ごと髪を撫でた。漆黒の髪の上で横たわる耳は白に金が入り混じり、つやつやと輝いている。

「おや、眠たくなったんだな」

背後から声がしても、雪風巻は顔を上げない。啓明の足に片手を載せたまま、見ればうとうとと目を閉じている。

「寝てるよ」

「そうか。床《とこ》へ戻してやらねばならんな」

そう言うと、いづなは階段を下り、雪風巻の小さな足のそばに腰かけた。

「雪風巻。元へお戻り」

　着物の合わせから一本の細い竹筒を取り出し、フタを開く。雪風巻は目をこすりながら顔を上げた。

「はいなぁ、ヌシさま。おやすみなさいましぃ」

　消え入りそうな声で言った後、するっと消えた。

　ように、啓明には見えた。だが実際は違っている。雪風巻の座っていた場所に、細く小さな生き物がいた。全身が黄味がかった白毛に覆われ、胴が長くて手足が短く、しっぽはふさふさと長い。

　イタチにそっくりだが、顔つきはキツネだ。いづなが笑いながら摑み、竹筒へするりと入れる。フタを閉め、胸元へと隠した。

「寝るときは戻してやらねば、力が果てる」

　そう言って、啓明よりも一段下に座り、重い角樽を片手でひょいと持ち上げた。升になみなみと酒を注ぎ、こぼしもせずに口に運ぶ。

　もはや、それが神業だと驚いているのがばれ、見上げてくる目で笑われる。それが言いようもなく色っぽく、顔を背けた啓明は眉をひそめた。

「目が合っただけで、取って食ったりはせんよ」

「本当かよ」

そんな心配はしていないが、本当のことは余計に言いにくい。

「本来ならすぐにでも帰してやるのだが、このような道行きに同行させて済まないな」

「……」

啓明が振り向くと、ふっと微笑んだいづなの方から目をそらした。

争いに負け、削られた力を回復させているところだったという話はここに来るまでに聞いていた。

山のものというのは、天狗《てんぐ》の一種で、総領であるいづなの回復を早くさせようと、人間を見つけては怪しい方法で薬を作っているらしい。

運よく滝つぼのそばに落ちた雄二は、雪風巻に見つけられ、山のものから隠すためにいづなが魂を抜いた。啓明が現れたのは、そのすぐ後だ。魂を抜いたことで雄二は夢枕に立てたのだと言われたが、何もかもが現実離れしていて啓明にはよく理解できない。

いづなのことも、神さまなのかと聞いたが、それほどのものでもないと言われ、煙に巻かれた感じだ。天狗をまとめているぐらいだから、本当は鬼や妖怪だったとしても啓明は驚かない。

どうせ、ついていくしか道はないのだ。不吉なことは、考えれば考えるほど、不安要素しか生み出さない。だから、啓明は考えないことにしていた。

キッすぎる霊感のせいで、同級生からバカにされ、教師にレッテルを貼《は》られ、親にも疎まれていた頃のことを思えば、不思議といまの方が未来は明るく感じられる。

「管狐というものは、本来、人に憑《つ》く生き物でな。人に化けはしないし、それほどの力もない。雪風巻があのような姿になるのは、幼くして亡くなった子供の魂と掛け合わせたからだ」

階段にしどけなく座ったいづなは、スカイブルーの着物の裾を払い、剝《む》き出しになった膝を立て、そこへ腕を伸ばす。

「どこへも行けぬ子供の魂だ。過去は何も覚えておらぬ。私にも知りようはない。先の争いで兄弟の二匹を消失したが、あれだけは幼かったのでなんとか守り通せた。残りの二匹も、どこかで生きながらえていると良いのだが、力が戻らねば探しようもないのでな。……口にはせぬが、寂しい思いをしていたのだろう」

「あぁ、さっきの……？」

「楽しそうに笑う声を久しぶりに聞いた。……礼を言おう」

「いや、別に俺は何もしてねぇし。さっきのだって、俺の酒の飲み方が下手だとか言ってさぁ。バカにされてただけだ」

いづなは何も言わなかった。ただ少しだけ微笑み、手元の酒に口をつける。

啓明も木升をぐっと呷《あお》った。喉を潤す酒の強さに、胃の中がカッと熱くなる。

「酒は好まぬか」

「え？　いや、ポン酒は慣れなくて。でも、うまいよ」

「そうか。それはよかった」

もう少しどうだと言われ、思わず木升を差し出す。頭の片隅ではヤバいとわかっていたが、すでに酔ってしまっていた啓明は、断る理性を探しきれなかった。

いづなが紙の包みを開き、中の塩を勧めてくる。ひとつまみ口に放り込むと、これがまた驚くほどにおいしい。尖ったしょっぱさのないまろやかな味が口の中に広がる。そこへ酒を流し込むと、米の甘さがなお引き立つ。

「やべぇな、これ」

人生を損していたと思えるほどのうまさに、にやけてしまう口元を拭う。

「いやぁ、あれだな。美人を目の前に飲むってのも、悪くないしな！」

気づいたときにはもうへべれけだった。けらけらっと笑う啓明を、一段下に座るいづなが見上げてくる。

ゆるやかに波打つ髪を片側の肩へ流し、着崩した和服姿でくつろぐ首筋に、ほのかな赤みが差して見える。

人間離れした美貌《びぼう》の相手が、いまさら血の通っている存在に思えて、啓明は指を伸ばした。

「男でも色っぽいとか、あんだなぁー」

耳の下をついっと撫でると、人肌の温かさがあった。啓明の手も、いづなのうなじも、どちらの肌も同じように酒で熱く火照《ほて》っている。

「からかうものじゃないよ」

そっと手を振り払われ、啓明はいっそう構いたくなる。酔っぱらいの悪い習性だ。

「えー、いいじゃん。なんで？　天狗の大将だから？　きれいとかイヤ？」

矢継ぎ早に問いかける。いづなの、切れ長の目がすぅっと細くなり、啓明の胸の奥で何かがぞわぞわと総毛立った。

怒ったのかと、思った。ひやりとして顔を歪めると、啓明の頬に手が伸びてくる。ひっぱたかれても仕方がなかった。

こっちの世界で天狗たちに崇《あが》められるような大将だ。キレイだとか色っぽいとか、酒のつまみに最高だとか、よくよく考えれば大冒瀆《ぼうとく》に違いない。

「……ぎゃっ！」

顔を近づけてきたいづなが、頬骨のあたりの肉を嚙んだのだ。

「男をからかうものじゃない」

のけぞった啓明を押し倒し、いづながのしかかってくる。木升が転がり、どこかへ消えた。

「痛い」

頭を打った啓明は、不満げに相手を睨んだ。

いづなが笑いもせずに見つめてくるほどに、負けん気がむくむくと湧《わ》き起こってきて、鋭い視線の応酬になった。

「媚《こび》を売らずとも、必ず帰してやる。……惚《ほ》れた相手に顔向けのできぬようなことはせずともよい」

「あんたのしゃべり方は、なんかわかりにくいんだよ。なに？　何が言いたいんだよ」

濡れ縁に肘《ひじ》をつき、身体を起こす。睨みを利かせたまま、顔をぐいっと近づけた。すると、いづなの方が下がる。

「ちょっと待て！　逃げんな！」

胸ぐらを摑んで引き寄せた。

視線がかち合い、いづなが眉をひそめる。その仕草さえ匂い立つように美しく、啓明の胸にずきりと衝撃が走った。

相手が男だとわかっている。きれいはきれいでも、女のきれいとは違う。それなのに、下半身が反応する。

「さびしいのか？」

甘い声に耳をくすぐられ、啓明はびくっと身をすくませた。視線をさらりとそらしたいづなの腕が背中に回る。もう片方の手は、いつのまにかふたりの間に忍び込んでいた。

「な、なっ……。なに、して！」

「ふたりを引き裂くような真似をして悪かった」

「なにっ？　なんの……はなし、や、やめっ……」

綿パンの上から股間《こかん》を揉《も》みしだかれ、嫌悪と恐怖で身体が引きつる。

「……いッ！」

男に触られ、いいように弄《もてあそ》ばれている屈辱に奥歯を噛む。萎《な》えたはずのそこは、くちびるを塞《ふさ》がれるとまた熱を持ち、啓明を泣きたいほど打ちのめす。

絶対に舌を受け入れないと決め、顔を振った。

「苦しかろう。放つ手伝いをするだけだ」

「勝手なこと……すん、なっ……ふぁッ！」

いづなの指が前立てをくつろげ、啓明を掴み出す。

握られると、そこがどうなっているかがよくわかった。男の無骨な手にすっぽりと先端を包まれ、滑らかな肌でこね回される。

抵抗しようと息を止めたせいで一気に酔いが回り、啓明はたまらずに大きく息を吸い込んだ。

でも、浅い息しかできず、苦しさが持続する。

「あっ、あっ……。いっ、た……」

根元から扱《しご》かれる摩擦の痛みに身をよじり、いづなの胸を押し返す。気持ちよく触られたい欲望と、男には触られたくない本能がせめぎ合う。

「おまっ……ばっ！」

バカと叫ぶ前に手が出た。顔を殴ろうとしたが避けられ、敏感な場所の肌を焼く熱さに身悶《みもだ》えた。

「信じ、らんねぇ……っ」

潤滑剤の代わりに、いづなが酒を使ったのだ。

アルコールの刺激で引き出された興奮がジンジンと脈を打ち、啓明は両腕で顔を覆った。

いづなの身体を押しのけたくても、酔った身体は重く濡れ縁に沈んで、思う通りにならない。

「も、やめっ……」

　そのうち、ぬちゅぬちゅと濡れた音が響き、啓明は感じたことのない羞恥《しゅうち》に苛《さいな》まれて死にたくなった。

　いづなの愛撫《あいぶ》につられ、腰がびくっ、びくっと揺れてしまう。

　声だけはこらえたが、それがいっそう息苦しさを増長させ、頭がぼうっとする。

「すまぬ」

　いづなの鼻先が首筋をなぞり、舌でその後を追いながら舐《な》められる。

「……く、そ……っ」

　悪態をついても、身体は止まらない。ぞくぞくっと震えが走り、股間が同じようにビクビクと脈を打つ。

「あっ、は……」

「おまえの匂いを嗅《か》いでは、止められぬ……。甘美だ……」

　ちろちろと動く舌が、耳をなぶった。でも、それよりも啓明を追い詰めたのは、いづなの声だった。興奮した男の弾む息づかいが、異世界に放り込まれた啓明の恐怖心に火をつける。

「やめ……っ」

声が喉でつまり、身体が大きく震えた。それなのに、捕まえられた快感は引きもしない。自分の身体に裏切られ続け、啓明はくちびるを噛んで顔を背ける。涙が視界を覆っている顔など見せたくなかった。

声をこらえ、感じまいとすればするほど欲求が募る。

「神仏との行為は、数には入らぬ……」

いづなが言う。

「酒のせいだ」

とも言った。

その言い訳めいた言葉が、確実に言い訳でしかない言葉が、啓明の頭の奥底を冷たく凍らせる。しゅん、と理性が戻ってくる。

振り上げた手が、ぱんっと小気味よく、いづなの頬を打った。

「おまえ、ずるいぞ」

こらえていた涙がぽろぽろ転げ落ち、驚いた顔をしているいづなの胸ぐらを摑んだ。

そのまま頭突きもできただろう。相手の股間を蹴ることだって、できたはずだ。

でも、啓明は、そのどちらもしない。闇雲に着物を引き寄せ、涙でグズグズになった顔

を押しつけた。

どこだかわからない世界にやってきて、男に犯されると恐れおののいているのに、いづなはのんきに酒のせいだと言う。

虚《むな》しさが胸に広がり、震えがくるほど腹が立つのに気持ちよくて離れられない。

男の身体のどうしようもないところだ。

「人を想う、そなたの横顔が……」

背中を抱き寄せられ、涙も鼻水も一緒くたに着物へこすりつける。

「この、クズがっ……」

いまさら口説く神経がわからない。

普通は逆だ。口説いてから触る。許しが出てから触る。

それを真逆にやっておいて、いまさら許せるはずがない。

「……あいつのことがなかったら……おまえなんか……」

動きを止めたいづなの手に、腰がすり寄っていく。そんな場合じゃないと、自分を責めても無駄だった。悲しい男の性《さが》が、出したい出したいとよがり泣きを始める。

「必ず、帰す……啓明……」

胸が離れ、覗き込むように顔が近づいた。キスされると、わかっていてあごを上げる。

頭の中で最低最低と繰り返し、それでも、泥酔状態で引き出された快感には抗《あらが》えなかった。

ちらりと垣間《かいま》見《み》えたいづなの目は鋭く、そこにある感情の正体は、同じ男だから啓明にもわかる。

いきり立つ飢えた獣のような欲望が胸の中をのたうち回り、愛だと恋だと言い訳を並べるより前にぶちまけたくなる。そういう凶暴な欲求だ。

「……ずりぃんだよ」

揉まれ扱かれ、瀬戸際まで追い詰められた啓明は繰り返した。

キスだけが柔らかく、何度も下くちびるを食《は》んでいる。

ずるいのは、雄の欲求に見え隠れしている、いづなのさびしげな素振りだ。色や形ではわかるはずもない感情を、啓明は確かに読み取っていた。

啓明の中にも同じ気持ちがある。それが共鳴して響き合い、弱みにつけ込むようないづなを睨み据える。快感は、止まらなかった。指に扱き上げられ、息もできないほど募っていく。

――さびしい。さびしい。

心のどこかが崩壊して、押し隠していた気持ちが胸に飛び散る。啓明は強く目を閉じた。

――雄二に、置いていかれて。さびしい、さびしい。

自分には、誰もいない。もう、誰も、あいつと同じようには理解してくれない。さびしい、さびしい。

感情が溢《あふ》れた。涙が止まり、代わりに腰が大きく震える。

声をこらえて射精した啓明は、遠ざかる意識を完全に手放した。

帰ったって、雄二はもう誰かのものだ。

帰ったって、一人になるだけだ。

この感情は恋じゃない。

わかっている。だけど。……家族のように愛していた。

＊＊＊

翌日は、気分が滅入るほどに爽《さわ》やかな目覚めだった。

鳥のさえずりとそよ風に起こされ、目を開くとそこにキツネ耳の子供がいる。濡れ縁に転がっていたが、身体はどこも痛まず、それどころか、生まれて初めてじゃないかと思うぐらい清々しい。身体は軽く、頭もすっきりしていた。

飲みすぎたはずなのに、二日酔いらしきものは微塵《みじん》も感じられなかった。

吸い込む空気は澄みきって、喉を潤すほど心地がいい。

「おはよう」

手を伸ばすと、頭の方から撫でられにやってくる。どうやら懐かれたらしい。ごそごそ動いて膝に乗った雪風巻は、足先をぴょこぴょこ動かす。

見た目よりもずっしりとした子供の重さを感じ、まったく関係のない昨晩のことを現実だと自覚する。滅入る気持ちは、その後でやってきた。

これもそれも事実なら、あれも、事実だ。

「目が覚めたのか」

社の中から声がかかり、振り向いた啓明は目を剝いた。敵愾心《てきがいしん》たっぷりに威嚇したが、物静かに微笑む男には通用しない。

何もかもを受け止めた顔で、

「相すまぬ」

着物の上につけた袴《はかま》に両手を当てて、静かに頭を下げてくる。

まるで時代劇の侍だ。

「意味がわからない」

乱暴に言って顔を背けた。謝っていることはわかる。

でも、理解して受け入れたら、昨日のことを認めたことになってしまう。それが、何よりも嫌だった。

「ヌシさまが謝っておられるのに、なんだべぇ。その態度は」

うっとりと頭を撫でられていたくせに、ぴょんっと身軽に立ち上がった雪風巻が頬を膨らませて怒る。

「だから、なんだよ。俺は知らねぇ」

「こらっ！　ヌシさまの恐ろしさを知らねぇから、おまえはそんなことを言うんだべ」

「はぁ？　知ってるっつーの。あれだろ。酒を飲んで、人をいいようにするんだよな？」

キッといづなを睨み上げる。

「これ、雪風巻、おやめなさい。無体を強いたのは私の方だ。啓明が怒るのも無理はない」

「そんでもよぅ、ヌシさま」

「良いのだ」

その場にあぐらを組んで座ったいづなは、両手を足の上に置き、背筋をすっと伸ばす。

「怒るのも無理はないのだから、許しを無理に得るつもりはない。どのようにすれば、そなたの気が済む」

静かな声は、啓明を苛立たせるほど耳触りがいい。

野性的な欲求を剝き出しにしていた男と同一人物だとは信じがたいほどだ。

両手で髪を掻きむしり、啓明は大きく息を吸い込む。くちびるをへの字に曲げて唸《うな》った。

ここで怒り狂って殴ったとして、置いていかれては話にならない。

相手が下手に出ているうちに、過ぎたことは忘れてしまうことだ。ものごとの主導権はいづなの手の内にある。

「……なかったことにしろ」

上目使いに睨みつけると、いづなの穏やかな表情がわずかに曇った。でも、言葉ではわかったと言う。

啓明は舌打ちして顔を背けた。憂いを帯びた美形に腹が立ち、腹が立つ理由は他にもあると気づいて苦い気持ちになる。

なかったことにしたいのは、溢れ出た本音の方だ。

雪風巻を引き寄せ、柔らかな髪をめちゃくちゃに掻き乱した。

ぎゃーっと叫んで逃げ出したキツネ耳の子供を、がおーと叫んで追い回す。

濡れ縁に座ったいづなは、静かに笑っている。

気づいた啓明は、俊敏な雪風巻をなんとか捕まえ、両腕を掴んでぐるぐると回る。

きゃっきゃっと笑った子供からもう一度とせがまれ、またぐるぐると回転した。ふたりして目が回り、ふらふらとぶつかってくる小さな子供を、啓明は立ったままで抱き止めた。

「ヌシさまが笑っておられるでよ」

顔を上げた雪風巻は、溢れんばかりの笑顔で言った。だから、もう一度振り回してと、両手を伸ばしてくる。

「珍しいの?」

「ワッチの仲間が消えてからは、初めての顔だべ。おまえ、えぇことをしたでよ。啓明、大好きじゃ!」

ぴょんと飛んできて、首に抱きつく。足ががっちりと身体を締めてきて、その小さな生き物の必死さに胸が熱くなる。

くっそ、と小さくつぶやいて、啓明は濡れ縁を振り返った。

「いづな。てめぇもちょっとは遊んでやれよ」

「何を言い出すべか!」

ひゃあと叫ぶ雪風巻を引き剥《は》がし、濡れ縁から下りてきたいづなに押しつける。

「ぐるぐるって回るんだよ」

「……こうか。いや、放り投げてしまいそうだ」

初めて遊ぶのか、いづなはおっかなびっくり子供の手を摑む。両手を引っ張って回ろうとするのだが、なかなかうまく宙に浮かなかった。

「しっかり握ってりゃ、大丈夫だって！」

「そうは言っても……私の力は……」

もたもたとしているのが可笑《おか》しくて、啓明は笑いながら肩を叩いた。

「ダメだなぁ、神さまも子供の役には立たねぇのな。あっちばっかり上手くても意味ねぇじゃん」

ふざけて顔を覗き込むと、楽しげに笑っていたいづなの頬にさっと朱が差した。

「なかったことにと言ったのは、そなたではないか」

不意打ちすぎた。そんな初心《うぶ》な反応が返ってくるとは、想像もしていなかったのだ。

「……いや、……うん」

キスも手の動きも、恐ろしく気持ちが良かったから、あんなことには慣れているんだと啓明は思い込んでいた。

「ヌシさま？　啓明？　……どうして、真っ赤になってるべなぁ」

子供が無邪気に首を傾げる。その小さな手を片方ずつ持った男ふたりは、軽く視線を合わせ、またそれぞれに視線をさまよわせた。

【3】

朝の風が爽やかなうちに、空飛ぶバイクで向かった先は、奈良県の裏だ。と、いづなが言ったので、啓明はそうなのだろうと思った。

たどり着いたのは、小高い山の頂上だった。ぐるりと周りを巡り、ふもとに建てられた大きな大きな鳥居をくぐって木々を越える。そこに道が開いた。元からあったはずなのに、山の周りを飛んでいるときには見えなかった道だ。

ゆっくり速度を落としていくと、小さな社が見えた。古びているが、その分、趣きがある。雨に濡れたばかりのようなみずみずしさに息を呑むと、後ろに乗ったいづなが下りるように指示してきた。

山のふもとの鳥居とは比べものにならない、こぢんまりとした鳥居の前でバイクを降りた。

「バイクは？」

啓明が聞くと、着物の乱れを直していたいづなは、

「持って入ろう」

と答える。言葉に従い、啓明はバイクを押して鳥居をくぐった。空気が一瞬で変わる。

そして、変わったのは空気だけじゃなかった。

山の頂上をわずかに切り開き、ひっそりと建てられていた社はどこにもなく、目の前に広がっているのは、松の木とせせらぎで造られた日本庭園だった。それから、横に長い平屋の屋敷。雨上がりの花の匂いが、どこからともなく漂ってくる。

振り返ると、木立はどこまでも続いていた。

「意味わかんねぇな」

ため息をついた啓明は、驚きも戸惑《とまど》いも、その一言で片づける。バイクを停め、大きく背伸びをしてから、歩き出したいづなを追った。

飛び跳ねるように歩いていた雪風巻が隣に並び、耳と耳の間に手を置くと、小さな手はするりと啓明のシャツの裾を摑んだ。

「驚かねーぞとか思ってたけど。すげーな」

川にかかった橋を渡り、かきつばたの咲く水辺を過ぎると屋敷が近づく。啓明にとっては見たことのない様式だが、壁も戸もない平安朝の寝殿造りだ。格子も御簾《みす》も上がり、中央には五段の階《きざはし》がついている。

その先の、一段高いスペースに男が一人いて、脇息《きょうそく》にもたれながら平たい盃を手にしていた。

「わー、もー。何時代だ、これ」

思わずのけぞると、雪風巻にシャツを引っ張られた。キッと睨みつけてくる子供の目は真剣だ。耳はぴんと立ち上がり、太いしっぽが倍ぐらいに膨らんでいる。

ぴりぴりとした緊張感が伝わってきたが、スカイブルーの着物を着たいづなの背中は変わりがなかった。姿勢はいいが、それだけだ。

「ごぶさたいたしております」

いづなが柔らかな声で話しかけると、屋敷の中にいる男が盃を置いて立ち上がった。

薄手の着物と袴をつけ、足元は裸足で、色が抜けるように白い。まとめた髪からほつれた毛束は黒々と肩に流れ、涼しげな目元をしていた。

視線がぶつかり、啓明はぎょっとして後ずさる。

いづなと同じ切れ長の目だが、睨みつけるには凄味《すごみ》がありすぎた。爬虫類《はちゅうるい》を思わせる瞳《ひとみ》は無感情に黒々と艶光り、ケンカ慣れした啓明を震え上がらせる。

シャツの裾を摑んだ雪風巻が、いつのまにやら足の後ろに隠れていた。

世の中には、挑んではいけない相手がいて、そのほとんどは目を見ればわかる。同じ人間でも言葉が通じず、殴り合いで勝った負けたを決めることもできない。間違ってケンカを売ろうものなら、こっちが死にたくなるほどしつこい、蛇みたいなタイプだ。

目の前の男には、そういう怖さがあった。

「どぅも……」

他に言葉が見つからず、中途半端に頭を下げる。つられたように、雪風巻が顔を出した。

「どもッ……」

啓明の真似をして弾けるように言ったが、ひゃあっと叫んで管狐の姿に戻ると、啓明の腕を駆け上がり、首の後ろからシャツの中に逃げ込む。

「ゆきっ！　てめッ……くすぐってぇだろ！」

Tシャツ越しとはいえ、長細く柔らかなものが動き回ると、我慢できないほどくすぐったい。

「いづな、なんとかしろ！」

「まったく、ずいぶんと懐いて。雪風巻。落ち着きなさい」

振り向いたいづなが笑いながら管を出した。栓を抜くと、シャツの裾から出てきた雪風巻はしゅるりと跳んだ。

管の中に吸い込まれていく。

「宇賀神。挨拶も早々にすまないが、山伏装束を貸してくれ」

「おや、なんだい。相談に来たんや、ないのんか」

白い顔の男が、懐から取り出した扇を開く。木でできているそれを扇ぐと、甘い匂いが広がった。

「そなたの考えは見えている。それはできぬのだ」

「山に入れるほどの力を分けてもらっておきながら、相変わらず生ぬるいことやな」

「それは」

「いまさら土ぼこりに塗《まみ》れることはないやろ。儀式の手筈《てはず》なら整えるし、今夜にでも契ればよい」

扇が口元を隠すと、蛇のような瞳だけがぬるりと光るように見えた。身震いをした啓明は、逃げるに逃げられず、視線で射抜かれて固まる。

「名はなんという」

「……啓明」

いづなが、啓明よりも先に答えた。

「なんともまぁ、それでこの匂いか」

宇賀神が気だるげに笑う。

「匂い？　え、風呂に入ってないから？」

急に気になった啓明は、自分の腕をくんくんと嗅いでみる。特に汗臭さは感じない。それどころか、鼻が感じるのは宇賀神の動かす扇の香りばかりだ。

「気にすることはない」

いづなに肩を叩かれ、啓明は眉根を寄せた。その優しい口調がますます怪しい。

「くだらぬことを言うな、宇賀神。儀式はできぬから、こうして参った次第だ」

「山での儀式では、天狗が覗き見するからやとばかり……。違うのか」

宇賀神の声は柔らかく、関西弁のイントネーションとリズムが、歌でも歌っているように聞こえる。

「吉野《よしの》へ参り、山のご神気を頂いてくるまでの間、彼を護《まも》ってもらいたい。是が非でも」

いづなの口調が強くなった。

「七日の内に、元の世界へ戻さねばならぬ」

断言したいづなに対する宇賀神の目が、またついっと細くなる。

「向こうの世界でということなら、そう簡単ではないやろなぁ」

「二日三日で力を養えば、できぬことでもない」

「また無茶なことを。まぁ、気づかれぬうちに戻してしまえば、契らずとも危険はないやろうけど……、これほどの器量や。もう話は、とっくに回ってると思うけどなぁ」

「とにかく、命夫《みょうぶ》に気取《けど》られぬよう、かくまっておいてもらいたい」

なんの話なのか、啓明にはまるでわからない。

宇賀神の視線がまたチラリと向けられ、嫌な居心地の悪さに目を伏せる。高校生の頃、生活指導の体育教師に呼び出されたときでさえ、これほどの気まずさは感じなかった。

「いまさらやな。いづなの強情は果てがない。相わかった」

「助かった。礼を言う」

いづなが頭を下げ、斜め後ろに立つ啓明も慌てて真似をする。

どうやら仲がいいらしいふたりのやりとりに、自分はもう少しへりくだった方がよさそうだと考えて、いづなよりも丁寧に腰を曲げた。

わからないことだらけだが、説明を求める気はない。

いづなが力を溜《た》めるまでの間は、ここで世話になる。ついていったところで、足手まといになることは絶対だから、啓明にはなんの意見もない。

話の流れからいって、外に出れば『命夫』とやらに見つかり、厄介なことになるのだろう。

置いていかれるのは心細いが、いづなが安全だと言うならそれを信じるしかなかった。疑えば心は不安定になる。

その結果を、啓明はよく知っていた。

人を羨《うらや》んだり、憎んだりしたら、見たくないものは喜んで近づいてくる。黒くドロドロとした感情を捨てたくて、夜の街で仲間とつるんでいたのだ。集団で走り回れば、孤独さえも遠く流れていく気がしたし、面倒なことは殴り合いでだいたい解決した。

だから、何も考えない。頭をからっぽにして、いま一瞬だけを感じてみる。

そうすると、自然に、宇賀神の立つ階段の造りが気になり出した。祖父の手伝いをするようになってから、日本建築のすごさを知った啓明の興味は、自分の未来もすっ飛ばして、艶めく白木の細工へ向いた。

どんな意匠が凝らしてあるのか、見物したくてうずうずする。

「物怖《ものお》じしない男やな」

啓明の変化に気づいた宇賀神は物珍しそうに小首を傾げ、階段の上で扇を揺らす。

「これなら一度や二度、契ったところで、害はなさそうやないか」

「犠牲を厭《いと》わないほどの相手がいるのだ」

いづなの物言いが耳に入り、現実に引き戻された啓明は、目の前の男の肩を見た。

何か、大切なことを話し損ねている気がして、首をひねりながら腕を組んだ。でも、まるでピンと来ない。

「まぁ、山へ行って精進潔斎《しょうじんけっさい》してくるのはええことやから?」

歌うような宇賀神のしゃべりに、考えが止まった。

「少しすっきりして、冷静に考えることや。はよ行き」

扇をたたんだ宇賀神が、人を呼ぶために手を打ち鳴らす。

話はそこで終わり、いづなが振り向いた。

「この屋敷にいれば、危険なことは何もない。雪風巻も連れていくが、必ず戻ってくるから安心して待っていなさい」

腕を摑んだいづなが、腰を屈《かが》めて顔を覗き込んでくる。

心配そうな表情に、啓明は肩をすくめた。

「どっちが置いていかれるのか、わからなくなるような顔をすんなよ。昼寝でもして待ってるから、心配いらねぇって」

腕を振りほどくと、いづなの眉がぴくりと跳ねる。宙に浮いたままの指が行き場を失い、そのせいで妙なムードになった。

昨日の夜のことが思い出され、啓明は顔を逸らす。

どうして、こんなときに。そうは思ったが、蘇《よみがえ》ったものはしかたがない。

酔った勢いであんなことをされて、ムカつくよりも先に気持ちよかったとか思ってしまう。その上、いづなに対して優位に立っているつもりの自分がいる。

相手は神さまらしき何かだ。それが、本当か嘘かなんて、どうでもいい。

啓明が迷い込んだ世界の中で、唯一頼れる相手がいづなであることだけは間違いないし、そこは疑えば不安定どころの話じゃなくなる。

拒絶されて落胆したような顔のいづなが、もう一度だけ視線を送ってくる。わざわざ視界の中に入ってきた美形に、啓明は不遜《ふそん》な目を向けた。

相手が相手なら、何を睨んでいるのかとケンカになりそうなガラの悪さだ。なのに。

「行ってくるよ」

ホッとした顔で微笑まれた。

「はいはい」

わざとめんどくさそうに言って、啓明は顔を背けた。

まだ何か言いたげないづなが、宇賀神に呼ばれて身体を離す。ふたりの間にふっと風が入り込み、それほど近づいていたといまさらに気づいた。

足元の砂を軽く蹴った啓明は、押し隠している不安が溢れてきそうになるのをこらえ、どこまでも澄んでいる空を静かに振り仰いだ。

宣言通りに昼寝をして目を覚ますと、部屋の外に夕暮れが近づいていた。

寒くもなければ暑くもない。どこからともなく吹く風で空気は絶えず動いているが、肌に感じるほどの強さもなかった。

目をこすり、大きく伸びを取る。縁側に這い出し、置かれている草履を足に引っかけた。

そのまま庭へ出て、ぶらぶらと歩いた。底が瑠璃《るり》色に光る池を眺め、満開の花や緑の葉っぱの匂いを嗅ぐ。せせらぎの音に鳥のさえずりが重なった。

見上げた空は赤く染まり、木立の向こうを雁《かり》が連なって飛んでいく。その形を指でなぞりながら、啓明はふと気がついた。

物心ついてからずっと感じていた気配がここには何もない。

昨日もそうだった。

暗闇の中に狐火がほのかに浮かぶ景色でさえ、明かりが心地よいだけで怖くもなく……。

いづなと雪風巻、そして啓明の他にはなんの気配もなかったのだ。

金縛りにもあわず、安眠妨害もされず、何も無視しなくて済んだのは、酒を飲んで泥酔したからだけが理由じゃないだろう。啓明が見たり感じたりする『あいつら』は、状況なんて考えもしない。

寝ていようが、酔っていようが、女と楽しく抱き合っていようが、出てきたいときに出てきて、気ままに雰囲気をぶち壊していく。

思い出すとむかっ腹が立ち、啓明は舌打ちしながらポケットを探った。煙草は山で落としたカバンの中だ。

「煙草は吸いたくなるんだなぁ」

腹は減らないのに。そう思いながら、庭を抜けて、木立の中に足を踏み入れた。靴の裏で小枝がパキンと鳴る。それ以外は静寂が広がり、空気が凛と冴《さ》えるのがわかった。

枯れ枝を踏みながらしばらく行って、足を止める。振り返った向こうに、屋敷は遠く見えた。広い庭を横切ってきたとはいえ、離れすぎている。

林の中に入ったのは間違いだったと気づき、引き返そうとしたところで、足元に転がっている木片に目が向いた。

ヤンキー座りでどかりとしゃがみ、手のひらに拾い上げる。

五センチほどの木彫りの人形だった。粗削りだが、顔らしきものがあり、胸で手を合わせている。

自分の方がうまく作れると思いながら、目の高さに摘み上げた。

「そないなもの、触らんとき」

歌うような声が降ってきて、啓明はハッとした。木彫りの人形を地面の上に戻して立ち上がると、音もなく近づいてきた宇賀神が小首を傾げ、

「逃げようとした、というわけでもなさそうやな。囲碁や双六《すごろく》であれば、誰ぞに相手をさせるが」

と言う。

「……これって、何？　……ですか」

真顔になった宇賀神を見て、慌てて言葉をつけ足した。

「珍しい男やな。これは敷地内を護るもので、望まれぬ客がそばを通れば身体が弾け飛ぶ」

「爆弾、みたいな？」

「そう。火薬は入ってないが、術がかけてある」

「へぇ……。俺、触ったけど」

思わず両手を見た啓明は、触らない方がいいと言われた本当の理由に気づいてゾッとする。

いづなに連れてこられた客だからよかったようなものの、うかつなことをしたら大惨事だ。帰る帰らないどころの話じゃない。

そういうゲームオーバーもありなのかとうすら寒くなる。

「これもなかなか手に入らぬものでなぁ。彫るには腕と力がいる。そなた、手を見せてごらん」

言われるまま、啓明は手を差し出した。というより、ごく自然に持ち上がった。宇賀神がわずかに身を乗り出す。

「宮大工の家系か」

「え！　手を見ただけでわかんの？　何、それ。占い？」

驚いて、自分の手をマジマジと見つめた。まだ見習いもいいところだから、職人らしい特徴があるわけでもない。

「オヤジは長男じゃないし、サラリーマンやってんだけど、俺は見習いを始めたばっかかで。なぁ、占いできるなら、俺には何が向いてるとか見てくんない？」

「小刀と木材を、与えてやろう」

宇賀神がくすりと笑った。さりげない仕草は物静かで、ひたひたとした独特の雰囲気がある。深夜に交わす、声をひそめた会話のようだ。

「泊めてやる礼として、二、三、作っておくれ」

「は？」

「大工仕事よりは、小手先のものを作る方が好きであろう」

「それも、わかんのか……」

また、自分の手をじっと見つめる。

「これは思わぬ得をした」

嬉《うれ》しげな宇賀神に促され、木立を抜けて庭へ戻る。

音が耳に戻り、啓明は背後を振り返った。

「林には近づかぬ方がいい。結界を張ってはいるが、そなたのような者は、ちょっとした綻《ほころ》びに自分から落ちていく。後が面倒や」

「気をつけます……」

霊感の強さを指摘されているとは思いもしない啓明は、ヤンキーのうかつな愚かさを指摘されているのだと納得した。

「それよりも、外に出ると、命夫に気づかれる」

「……ミョウブ、って?」

いづながいるときにも出てきた言葉に首をひねると、横に並んだ宇賀神は振り向きもせずに答えた。

「名ぁや」

「なーや？」

聞こえたまま聞き返すと、宇賀神が呆れたように目を細めた。元々涼しい目元が、冷酷なほど冴え、啓明は小さく唸った。

ついつい虚勢を張って睨みつけたくなるが、宇賀神相手にそれをすると、痛い目にあいそうな予感しかない。

「名前、や」

宇賀神は、にこりともしない。

「あー、名前」

「争いに負けたいづなが、力を削られて封印されたことは聞いてるな」

「なんとなく。力を養ってる、とか言ってたような」

「その争いの相手が『命夫』や。あのふたりは昔から仲がよぅない」

億劫《おっくう》そうに言った宇賀神が肩をすくめて下ろす。子供同士のケンカに手を焼く兄貴分みたいな表情に、啓明は親近感を覚えた。冷たいばかりの男ではないのだろう。

宇賀神はそのまま、悩み深そうにため息をつく。

「いづなは修行の末に力を得て神格化した、元は人間の身。それとは反対に、命夫は元から神格を持って生まれてるのや。どうもそのあたりのソリが合わん。命夫は昔から、何かにつけては力比べをしたがって……」

「すみませ~ん。『しんかくか』がわかりません！」

はーいと手を挙げる啓明を、宇賀神はまた冷たく見据える。

「神と同等の存在になるということや。大変な修行を重ね、神仏の力を得たものは、信仰を集めることによって『神』になれる。……まぁ、詳しい仕組みなんか、あってない世界や。そなたの世界で言えば、一千年以上昔の話やし、こっちと向こうの境がもっと曖昧《あいまい》やったんやな。いづなは『飯綱大明神《いいづなだいみょうじん》』という名で信仰を集め、神同然となった。命夫の方は稲荷とダキニ天が習合……、合わさって生まれた新しい神で、名は『飯綱大権現《いいづなだいごんげん》』。同じ名を持つがゆえに、どちらが上か、命夫の方が、やたらにはっきりさせたがる」

「いづなは、そういうの、気にしなさそうだもんな」

「それがまた、命夫の鼻につくんやなぁ」

歩きながら腕を組んだ宇賀神は、また重い息を吐き出した。

ふたりの争いに巻き込まれ、かなりの苦労をしているのだろう。

「仲裁してんの？」

啓明が尋ねると、きれいな形の眉がぴくりと跳ねた。

「まさか……」

　ふっと笑い、肩を揺らす。ちらりと見えた顔は、ぞっとするほど冷たい。冷酷を通り越して、冷徹。

　でも、そんな言葉を知らない啓明は、本能的にふらりと後ずさった。

「おや、啓明。いまさら怯《おび》えるとは」

　鼻で笑われ、乾いた笑いで返す。

「いや、べつに」

　こんなときでさえ、強がりが口をつく。

「……そなた、早う、あちらへ帰りたくはないか？　いづなは山の神気でなどと言っているが、こちらとあちらでは時間の流れ方が恐ろしく違う。約束の日時に合わせるにも、よほどの苦労が伴う。それでぴたりと合うというわけでもないのや。運が悪ければ、五十年から百年はズレる」

「え……」

「そもそも、先の争いで負けたのが百年前や。それでもまだ、あれほど疲労してるんや。まぁ、望みは薄いな」

「マジで」

　望みは薄い。その言葉が頭の中をぐるぐる回り、それよりも何よりも、宇賀神の囁《ささや》きに感情が絡め取られた。

　悲観的な声で言い聞かされると、もう絶望的に思えてくる。

「でも、方法はある」

　ふたりの間の沈黙を、宇賀神が唐突に破った。

「契ればよい」

「……」

「わからぬか。そなたは、ほんに愚かな……。そうやな。昨晩、いづなとしたことの続きをするだけのことや」

「はぁ？　昨晩？　昨日の、夜……って！」

　記憶が怒濤《どとう》のように蘇ってきて、啓明はじたばたと手を振り回し、石造りの橋から落ちかけて腕を引っ張られる。

「いづなの様子やと、軽くやり合っただけやろう。本当なら儀式にすべきところだが、身体を重ねて体液の交換するだけでもいづなの神力は増幅する」

「あいつって、そういう神さまなのかよ。エロ……」

「いまは廃れているが、性行為における興奮や交歓が、大きな呪力になると信じられていた頃がある。本来の目的から外れて邪教扱いされてから、いづなは頑として受け入れんが……。それが命夫に負ける最大の原因や」

「それって、ガチでやるってこと？」

「ガチ？」

眉をひそめた宇賀神が首を傾げる。しばらく沈黙してからうなずいた。

「要は気持ちがよければいい」

「いづなが？」

「そなたが」

「俺？　そうなの？　ふぅん……」

「山の神気を浴びた後のいづななら、なお都合がいい。あれはどうにも勘違いをしているようや……。啓明、先に戻したという相手は友人やろう」

「あぁ、親友。結婚が決まってさ。相手の女に子供が出来て……」

そこまで言うと、宇賀神は着物の袖を口元に当て、そのまま顔全体を隠してしまう。肩が揺れ、くすくすと洩《も》らす笑い声が聞こえてくる。

「え、なに？」

笑っている。そのはずなのに、この空々しさはなんだろうか。

たじろいだ啓明は、また少し距離を開ける。

「あれは、アホやな」

宇賀神の声で空気がピシリと凍りつく。ぎょっとした啓明は見据えられた。

「啓明。ガチでやってしまい。どうせ、その霊感を持て余しては生きづらかろう。少しは吸い取ってもらうとええわ」

ふふふと笑い、宇賀神が先に歩き出す。滑るように進む姿が細く長い尾を引いているように見え、啓明は目を拳でこすった。

「そなたは、よう生きてきたものやな。アホも鈍感も、過ぎればチカラや」

歌うような静かな声に、怖気が走る。バカにされていることにも気づく暇はなかった。たとえ気づいたとしても、宇賀神相手にケンカ売るなんて考えたくもない。

頭からぱくりと丸呑みされる蛙《かえる》の気分になった啓明は、その場に凍りついたまま、宇賀神が見えなくなるまで見送った。


ケンカ上等の世界で生きてきたからといって、怖いものが何もないわけじゃない。集団で爆音を響かせて走り回っていても、警察に捕まるのは嫌だし、チーム同士のケンカで息巻いても、鉄パイプを振り回されればケガはしたくないと思う。でも、仲間に侮られるのが嫌だから、負け犬だと思われたくないから、警察を挑発して、鉄パイプにも突っ込んでいく。

バカなんだろうと聞かれたら、バカですと答えるしかない生き方だ。それが楽しいときもあるし、どうしようもなく、つまらない日もあった。

生きててどうなるのかと、毎日毎晩考えたし、考えたくなくなれば酒を飲んだ。酔って女を拾って、いい加減な関係を持った翌朝には、惚れた女のために命を捨てたいと平気で言う。

当人たちが真剣に生きているつもりでも、振り幅が大きすぎて、周りからはまるで認めてもらえない。

だから、いっそう拗ねてひねて、現実なんか意地でも見るかと思って。その割に将来の夢は『幸せな家族』だったりするから、ヤクザ絡みのことが起これば、必死で仲間を止めたりもした。

行けば戻れない道がある。

月の光が差し込む部屋で、天井の木目を眺めていた啓明は寝返りを打つ。

仲間思いの総長だと慕われたのは、『そのこと』を誰よりも知っていたからだ。

死ねば生き返れない。あっちの世界がどれほど気持ちが悪く陰惨かを、啓明はよく知っている。

生きていても、踏みはずせば地獄があるのと同じだ。

どんなに虚勢を張っていても、暴走族が犯す犯罪はスピード違反に無免許運転。未成年の飲酒喫煙。金のなさで窃盗するのがめいっぱい。

弱くて一人でいられない人間ばかりの集まりがやれることなんて、たかが知れている。集団心理でもっと大きな犯罪に走るチームもいたが、金が絡めばヤクザが出てきて、そこでやっと大人と子供の違いを知ることになるだけだ。

それでも啓明はできるだけ長く、トップを張っていたいと思っていた。次々入れ替わる少年たちの会話についていけなくなっても、自分が大人になっていると気づくのがこわくて、面倒見のいい兄貴が存在してもいいだろうと思い続けた。

それを止めたのも、雄二だ。

思い出して、もう一度寝返りを打つ。畳に薄い布団を敷いただけの寝床は見た目以上に寝心地がいい。

あの頃、チームを抜ければ、また一人になると思っていた。卒業した仲間たちはそれぞれ仕事を持ち、さっさと子供を作って結婚して。

それが見たくなかったと、いまになって気づかされ、重いため息が洩れた。起き上がって、立てた膝に手を投げ出す。

枕元に置いたままにしていた小刀と、彫りかけの木片に視線を向ける。そのそばには、すでに出来上がった人形がふたつ転がっていた。

部屋に遊びに来るたびに棚を眺め、物珍しそうにしていた雄二の横顔を思い出す。いつも一足先に進んで、それでも必ず振り返って手を差し伸べてくれた。人には見えないものを見るから、立ち止まってばかりだった啓明を誰より心配していたのは雄二だ。子供を作って結婚して、流されてでも家族を作ったらいいと、そう言いたかったのかもしれない。

余計なことは言わない男だから、きっと、弱音を吐かずにやってみせようとしたのだ。でも、雄二にも弱さはあって、恐怖はあって。

あの日、啓明に背中を押されに来た。

優しくなくても、もっと寄り添った言葉をかけるべきだった。いまは、そう思う。だから啓明は深い後悔の中で息を吐き出す。

本当に、雄二は元の世界へ帰れたのだろうか。意識を取り戻して、元気でいるのだろうか。

一番考えないようにしてることを想像してしまい、啓明は額を片手で強く押さえた。

目頭が熱くなって、涙がじわりと滲んでくる。

帰りたい。

そう思った瞬間、すだれで隔てただけの隣室に気配がした。

ほのかな明かりが揺れ、衣擦《きぬず》れの音がした後、

「起きているのか」

いづなの声がして、啓明は布団を這い出した。

「遅いじゃねぇか」

すだれの裾を摑んでまくり上げ、顔を突き出して文句をつける。驚いたように目を見開いたいづなは、啓明と同じ紺色の浴衣《ゆかた》姿で髪をひとつに結い上げていた。

「申し訳ない。久しぶりであったゆえ、思いのほか、時間を取られた」

「何してたんだよ」

ずりずりと這い寄って、六畳ほどの部屋の隅であぐらをかく。

もちろん、『山の神気』とやらをもらってきたのだとわかっている。いづなは目に見えていきいきとしていた。

啓明はぶすっとした表情でくるぶしを掻いた。

「何をしてきたように見える」

上機嫌に目の前に膝をついたのも、気に食わない。

世話になっていることも忘れて、一人で遊んできたような雰囲気のいづなを睨んだ。

「酒飲んで、温泉に入って、女と一発やってきて、みたいな?」

「何を怒ってるんだ」

「怒ってねぇよ」

「……怒っているではないか」

「怒ってねぇって、言ってんだろ!」

「山を駆け回って、滝に打たれて、散々、真言を唱えてきた。少しは精悍になって戻ってきただろう」

そう言われて目を向けると、確かに頬が引き締まったように見える。

「うさんくせぇな」

「時間の流れ方が違うだけだ。そなたの一日で千日が過ぎた」

「意味がわかんねぇ」

「そうだな」

目の前にあぐらをかいたいづなが、手持ちぶさたにあたりを見回す。

「酒でも持ってこさせようか」

「いらねぇ」

啓明はばっさりと切って捨てた。さっきまで、眠るに眠れずに抱えていた不安が、いづなの顔を見た瞬間、怒りになって込みあげてきた。どうにも抑えようがない。

あからさまにムッとしてそっぽを向くと、いづなが困っている気配がした。啓明はいっそう苛立つ。

「神さま！　神さまなんだろ！　何を困ってんだ！」

「……そうは言うが、万能の神ではないのだから」

「神格化ってやつなんだろ。宇賀神から聞いた。命夫とかいうやつと戦って、負けたんだよな。弱いの、あんた」

「……啓明」

弱りきった声を出したきり、いづなが黙ってしまう。

待っても待っても言葉は出てこず、啓明は痺れを切らした。振り返り、キッと睨みつける。

その勢いがいきなり削《そ》がれた。啓明が視線を向けるよりも先に、いづなの視線は啓明へと向いている。

「何、見てんだ」

見るのは自由だ。でも、いづなのその目はいままでとは違っていた。

「そなたの寝所は隣であろう。お戻りなさい」

「はぁ？」

ついっと逸らされた視線は、確かに啓明を見つめていた。それも、ひどく甘く優しく……、まるで、そう……。

答えに行きつきそうになって、啓明はぶるぶるっと髪を振り乱した。

「なぁ！　宇賀神から聞いたんだけど！」

すだれを持ち上げようとするいづなの着物を摑み、思いきり引っ張る。破れるぐらいなら言わんばかりの迷惑顔で、いづなはすだれを離して膝をつく。

きれいな顔は、困ると余計に憂いが目立つ。

なんとなく胸が騒ぎ、啓明は顔を背けて舌打ちした。

布団の中でずっと考えていた。宇賀神の言葉、それから雄二のこと。そして、どうしてだか、いづなが誰かに負けているということもだ。

そんなこと、どうでもいい話だ。啓明には関係ない。

勝敗がいづなと命夫に取ってどれほど意味を持つのかも知らない。だけど、嫌だと思った。

この、目の前の神さまは、のんきすぎる。

「俺と寝たら、強くなんの？」

「……なんて話をするんだ」

顔を歪めたいづなが静かに息をつく。

「何を言われたか、予想はつく。余計なことを考えるのはよしなさい。そなたはどうにも身を投げ出しすぎる」

「本当なんだな？」

「嘘だ。まったく、何を……」

「ちょい待ち。いづな。てめぇ、昨日、俺に何をした？　きっちり持ってってったんだろう。俺のこと、気持ちよくしたよな？」

顔を覗き込むと、ふいっと視線が逸らされる。

「待てって言ってんだろ。神さまー、神さまー。お話、聞いてくださーい」

両手で耳を摑んで、『神さま』の顔を固定する。じっと見据えた。

「宇賀神がおまえをバカにしてたぞ。あれって、なんだ。おまえがやれることやらねぇから負けてるってことだろ。それでいいのか」

「……心配してくれるのはありがたいが、これとそれは話が違うのだ。とにかく、離しなさい。神と呼ぶなら、もう少し畏敬《いけい》の念を持って接してくれないか。距離感というものが」

「人の股間をまさぐっといて、よく言うわー」

のけぞり気味に見下ろすと、いづながぐっと黙る。

「おまえの力が強くなるってことは、俺は帰れるってことなんだよな。俺とおまえがそういうことすれば」

「……」

黙ったいづなの顔から、戸惑いが音を立てるように消え失せた。静かな笑みが広がり、やがて収まった。

「そういうことか」

「どういうことだよ」

「宇賀神から、早く帰れると言われたんだな」

「うん。そうだ。で、おまえも強くなれるんだろ。じゃあ、どっちにとっても得だし、まー、男は全然好きじゃないけど、この際しかたないしな」

「想い人の他は、数に入らぬか」

「は？　なんの話？　とにかく、さくっとやっちゃって、終わらせよ」

「……あの男のことを、考えていたのか」

いづなの腕が動いた。啓明がしているように両手が耳を掴んでくる。それだけのことなのに、指先に耳朶《じだ》を揺らされて心臓が跳ねた。

「えっ……、ちょっ……」

くすぐったい。でも、笑うほどじゃない。

指が耳全体を包んだ。それからそっと耳の中を撫でられる。

「うっ！」

びくっと肩を揺らし、啓明は身をすくめた。

止めた息を吐こうとして、顔がそばにあることに気づく。くちびるが重なり、目を閉じる前に抱き寄せられる。

「んっ……ん」

深く浅く、何度も繰り返される口づけの後で、いづなは目を伏せた。長いまつ毛に啓明は目を奪われる。

「泣いていたのか、啓明。あの男のことを想って……」

「な、泣くか！」

「強がることはない。ここであったことを知られることはない。今から、私とそなたがすることもだ」

指先が啓明の頬を撫で、あごからくちびるへと移動する。優しい動きに呼吸が苦しくなり、啓明はたまらずに顔を伏せた。

「う、うるせぇ！　知られてたまるか、男とやったなんて……！　あいつの話はもういいだろ」

胸を押しのけ、手早く浴衣の帯を解く。

「気持ちよく、してくれるんだろ」

浴衣を脱いで、わざと投げつける。頭からかぶる前に振り払ったいづなが立ち上がり、枕元にある明かりを吹き消した。

部屋は真っ暗になったが、すぐに月明かりで目が慣れる。

「啓明。そなたは、自分がどう見えるか、考えはしないのか」

腕を引かれ、足元がふらつく。抱きしめられると、口元が肩にぶつかった。いづなは背が高い。

「考えたくもねぇよ。酒の勢いで言い訳しながら迫ってくるのが神さまだなんてさ、正直いってどうかと思うし」

本音だった。出会いからしてキス始まりだ。それが妙にうまいからと許してしまった啓明も啓明だが、いづなの美形ぶりには常識を覆す何かがあるとも思う。

「まぁ、なんでもいい」

「軽薄だ」

責めるような声でたしなめられ、

「知るか」

返した悪態を舐め取られる。ぞくりとした震えが背骨を駆け上がり、啓明は顔を振って逃れた。

「エロいこと、すんな……」

「誘っておいて、何を」

息が首筋に吹きかかり、違和感の激しさに逃げようとした身体を引き戻される。

「そういう言い方っ……、くっ……んっ……」

手のひらに腰を撫でられ、身をよじらせた啓明の下着に指がかかる。

「私が酒を言い訳にしたように、そなたも神気を理由にするのだろうな」

「一緒にすんな。……おまえはサカっただけだろ。俺は……違う」

「そうか」

息が、うなじを滑る。ずらされた下着の中から摑み出され、ビビっていると思われたくない啓明は硬直した。ゆるりと指が絡み、こらえきれずに息が洩れる。

「…っ…ん……」

浴衣を脱がない相手の肩に額を押し当て、迫ってくるからだと距離を取る。それがいづなの指を自由にすることにまで考えが回らない。

成長を促すように根元から扱かれ、浅い息を繰り返した。

戸惑いと嫌悪が交互に押し寄せ、それなのに快感を覚える下半身は素直だ。ズキズキと脈を打つ。

「や、べ……」

ぐらりと何かが揺れた。それが理性という名前の大切なものだと、バカでのんきな啓明には気づけない。

開いてはいけない扉を、無自覚に開け閉めする生活が長かったせいもある。

普通の人間なら見ないでいられるものを、見たり、見なかったり。向こうが勝手に現れるだけだと思っているそれが、本当は本人の心持ち次第だと、気づくか気づかないかの差は大きい。

見なくていいものを無視できず、目を凝らしてしまうから、見ていることを気づかれるのだ。だから啓明は極力、見ないように考えないようにしてきた。

「……きもち、いっ……」

酒も飲んでないのに。そう思った瞬間、手放しかけていた理性が戻り、男にいじられている現実に目が覚めた。

いづなの手の中で急速に萎えていく。

「……やっぱ、シラフじゃ……無理」

「止まれると思ってるのか」

「けど、無理だ……勃《た》たねぇって」

ぐにぐにと揉まれる痛みに顔をしかめ、いづなの肩を叩いて押しのける。でも、その身体は岩のように頑丈で、びくともしなかった。

「おまえ、顔はきれいだけど、男すぎんだよ。手もゴツいし。……やめろ」

手首を摑んで、指を剝がす。

「おまえのオモチャにしろなんて言ってねぇぞ、バカにすんなよ」

「気持ちがいいと、言ったではないか」

「……言ったけど、やべぇって思ったけど。思ったら、なんか、……うわぁ、こいつ男じゃんって……。ごめん、ムリだ」

「男のくせに言を翻すのか」

「はぁ？　何言ってんの」

「男に二言はない」

「わりぃな。俺はそういうタイプじゃねぇの。やばいときは引く。そうでなきゃ、ゾクの頭なんか張ってられっか。何十人引き連れてきたと思ってんだよ。……って、知らねぇか」

布団の上から出て浴衣を拾おうとした身体が傾ぎ、背後から抱きつかれたと思ったときには遅かった。

片腕が胸に回り、もう片方が腰に伸びる。

ぐっとかかってきた体重を跳ねのけられず、急所を握られて膝をつく。

「いづな……っ」

「こんな匂いで煽られて、隣の部屋から寝息を聞かされたんじゃ、こっちはたまらない。どっちにしたって夜這うのだから、結果は同じだ」

「何言って……。揉むな、バッカ……。むね……胸なんか」

あたふたと暴れ、うごめく指を押さえようとしたが、胸と下半身と、どっちを守ればいいのか、とっさに頭が回らない。

その上、舌がざりっとうなじを舐め上げ、

「ぁふっ……」

想像もしなかった声が出て愕然とする。

いづなは止まらなかった。撫で回されて膨らんだ乳首を指の腹でこね、指の先で摘む。同時に下半身ももみくちゃにされ、何がなんだかわからないうちに、未体験の感覚の中に放り出された。

腰が震え、足先に向かってぞわぞわとした感覚が尾を引くように広がった。啓明は、布団の端を強く掴んだ。何かに掴まっていないと不安でどうしようもない。

「ぁ、はっ……、あっ」

乳首を揺すられると、ぞわぞわとした痺れが上半身に向かっていく。頭がぼぅっとして、目を閉じたら最後、自分ががどうなってしまうのかわからなかった。

「ち、くび……やめ、ろ……そんな、とこ。感じ、な……」

「嘘をつけ」

まともに話せないほど翻弄《ほんろう》され、啓明はくちびるを噛んで耐えた。快感から逃れようとすればするほど絡め取られる。

男にいじられて気持ちがイイなんて信じたくないのに、否定すればするほど感覚は強まっていく。骨ばった手の感覚に怖気立つ肌を、さらに撫でさすられて息が上がった。

触れている手はがさつに動き、まるで優しくない。いづなはわざと乱暴に振る舞っているようだった。

だから、啓明は耐える。

目には見えない大きな気配に押しつぶされそうな恐怖心が、場数を踏んできたヤンチャな性分を煽り、逃げ出すよりも先に受けて立ちたくなった。

これが単なるセックスなら、暴れ回って押しのけ、蹴り倒して逃げればいい。

でも、脳裏に過ぎった雄二の面影で交換条件を思い出して、腹を据える。

いづなにとっても、これが『近道』だから、強引にのしかかってくるのだ。

「どうして、勝とうと、しないんだ……。っ、……く、んっ」

勃起《ぼっき》したものの裏筋を撫でられ、腰がひくつくのをこらえるために、止めた息をゆるく吐く。

「こういうことすりゃ、勝てるんだろ」

「……好きでもない相手から搾取して、それで勝つことに意味などない。そんな勝負のために、人の姿を捨てたわけではないからな」

啓明を愛撫することで興奮しているのか、いづなの声は低く艶めいた。ぞくっとするほど男っぽく、身体に与えられる感覚とは別の痺れが啓明の心のふちを撫でた。

いづなは男だ。そんなこと初めからわかっている。

「無理させて、悪いな……」

啓明は自分の手をぼんやり眺めて言った。いづなの指が動くと、もう無視できないほどの快感が密度を増す。

男か女かということ以前に、好きかどうかという問題がある。神も恋をするのだろうかと考えて、元は人間で、人の心を持っているのだからと思い直す。

「無理をしているのはそなたの方であろう」

布団の上に転がされ、摑まれた足が開かれる。薄闇の中で暴かれた。

「……はっ……ぁ…」

啓明が隠そうと身をよじる間もなく、いづなが身を伏せる。

嫌悪よりも先に驚いた。寝転がっているせいで、いづなの動きが見えない。その分だけ、感覚はリアルだった。

「あっ。……はっ」

生温かい内壁が絡みつき、舌がちろちろと予想外にうごめく。

じんわりとした快感はやみつきになりそうな刺激で啓明を動揺させた。何かを考えていないと腰が動いてしまいそうで、必死に我慢した結果、動かして何が悪いとしか思えなくなってくる。

ジュルリと水音がして、きつい締めつけに啓明は腰を浮かせた。

「ふっ……ん」

「人の身で、神に奉仕させる気分はどうだ」

ねっとりとした動きで、熱い粘膜が先端を押しつぶすように啓明を呑み込んでいく。その感覚はまるでセックスの挿入だった。

狭い場所をこじ開けて中に入った杭《くい》が、吸い上げられながら扱かれているようで、啓明は腰をよじらせた。

「あ、はっ……。かみ、さま……って、こんな……うまいのか、よ……」

奔流が生まれ、射精したい欲求が高まる。その一方で、まだまだ快感の中で悶えていたい欲がジリジリと焦げついた。

「こんな……っ。あ、あっ！」

扱いて入れて腰を振って、最後は出すというテンプレートをなぞるセックスしか知らない啓明にとって、いづなの与えてくる快感は未知の行為だった。

これまで我慢したことがないぐらいに焦《じ》らされ、激しく乱れる息づかいの合間に洩れる自分の喘ぎも、身に覚えがないほどいやらしく聞こえる。

「もっと、こらえて」

前後に揺れる腰を押さえられ、いづなの声が濡れた皮膚に当たる。びくっと性器が揺れ、顔を両腕で覆った啓明はわななないた。

「無理っ」

「まるでネンネだな。我慢しなさい。この程度じゃ、私を満たすほどの力にはならない」

「……くっそ」

奥歯を噛んで、腰に力を入れる。

「出せばいいんじゃねぇのかよ」

「必要なのは歓喜だ。覚えがあるだろう。身も心も溶けて、すべてが弾け飛ぶような……」

「あるか！　そんなもん！」

思わず大声を上げ、啓明は身をよじった。

「……っ」

背中を丸め、両手で性器を押さえる。

いづなの声の響きがやけにいやらしく、思わずイきかけたせいだ。荒い呼吸を繰り返し、今にも達してしまいそうになるのをこらえた。

衝動が脈を打ち、ぐっと目を閉じる。昨日の夜の行為が効いていた。溜まっていたら、我慢はできなかっただろう。

「ないのか、啓明」

甘い声が離れた場所から降りかかる。いづなが身体を起こしていた。

「なんだよ、そのバカにした言い方は……」

正確には、憐《あわ》れまれている。月の明かりが滲《し》み入ってくる薄闇の中で、いづなのきれいな顔にはいつもの憂いが差していた。

それはどこか甘い魅力だ。なのに、啓明にはひどくさびしいものに感じられる。

『神さま』なのに、いづなには感情があって、性欲があって、啓明よりも悲しく飢えていた。

「バカにしたのではない。すまぬ。そなたの清廉は生来のものだ」

「……だから、何言ってんのか、わかんねぇって！」

「そうか、そうだな。重ねて謝ろう。啓明」

ふいに優しく呼ばれ、薄闇の中で目を凝らす。視線が合うと、いづなが微笑んだ。

やっぱり、それは物悲しく、啓明の胸を揺さぶる。

「……そなたがいいと言うのなら、このまま、繋《つな》がってしまいたい。こんな強引なやり方じゃなく、もっと、ゆっくりと」

　起こした身体にいづなの腕が回る。手助けするように背中を抱かれ、肌にしっとりとした汗の感触があった。人肌の気配は、不思議と啓明を安心させ、とろりと伏せたまぶたにキスされて目を閉じる。

　口説かれているとわかり、それも悪くないと身を任せかけてハッとした。

「待て！　なんか、おかしい」

　斜めに抱かれていた腕の中から飛び起きる。半勃ちになった股間を隠して布団の上に座り、目の前の男をじっと見た。

　真正面から受け止めているいづなの瞳は余裕ありげだ。でも、優しさの仮面の奥で、何かがチラチラと燃えている。

　こういう状態を、知っていた。

「何か、よからぬこと、考えてるよな」

　その目を覗き込み、それがなんだったか、啓明は一生懸命考えた。本心を隠して、相手に優しくして……、そういうときは……。

「いいか悪いかなど、後で考えなさい。いまは、何も考えなくていい。いまは」

　肩をそっと手の甲でなぞられ、動きを目で追う。

「いま、は」

繰り返して、言葉を呑み込んだ。意識していなかったから気づかなかった。視線を伏せた先に、いづなの腰がある。浴衣が乱れ隠していたが、そこには啓明と同じ男の象徴があるはずだった。

「てめ……っ」

頭より先に身体が動く。逃げようとずり下がった啓明の足を、とっさの動きでいづなが摑んだ。

「離せ」

「いや、それはできぬ」

「優しそうな顔しやがって……。わかってるぞ、何を考えてるか」

やっと、思いついた。

啓明も同じ手を何度か使ったことがある。

相手は、友達のカノジョや、他の誰かを好きな女友達だ。悩みを聞いてやり、優しくして。甘い言葉のオンパレードで固めた裏にあるのは、いつだってたったひとつだけの欲だ。

「快感を与えてやろう。五感すべてで感じるほどの歓喜を」

「……全然、嬉しくねぇ」

這い上ってくる手が、啓明の膝を摑んだ。

「そなたの愛情をかえりみない相手のことなど、いまは忘れた方がいい」

「いまは、いまは、って……おまえなぁ」

文句をつけても、身体が動かない。特別なことをされているわけではなかった。ただ、いづなが全身でプレッシャーをかけてきているだけだ。

「忘れて欲しいのは、おまえの方だろ」

女の子の気持ちがわかると思いながら、啓明は口を開いた。睨みつけて、相手を責めるための言葉を探す。

どうせ、答えなんてどこにもない駆け引きだ。男は承諾を得ようとし、女は肝心な一言を引き出そうとする。

要するに言い訳が欲しいだけだ。過ちかもしれない不道徳だと知っているから、行為の言い訳を求める。

いづなが口を開いた。

「そうだ。その通りだ。そなたの身体と繫がることができるのなら、すべては私の過ちでいい。啓明」

相手が女の子なら勝負が決まる一言だ。その上にいづなは恐ろしく美形だから百点満点。

男の啓明でさえ、近づいてくる顔に目を閉じた。

くちづけが優しく肌を滑り、果実の甘さを確かめるように舌で舐められる。

お行儀のいいキスの裏に、いづなの焦りが見え隠れした。その証《あかし》が啓明の足をかすめる。

下着を押し上げたそこは、信じられないほど硬く興奮していた。

「……いづなっ」

キスから逃れ、追ってくるくちびるを拒む。流されている場合じゃなかった。

根本的なことを間違えていたと気づいた啓明は、いづなの浴衣の襟に掴みかかる。優勢を取ろうとした手を払われ、身体を布団の上に戻された。

押し倒され、足を開かれる。

いづなが自分の指を口に含んだ。何をしようとしているのかは、聞かなくても明白だった。

「ないっ！　それは、ないっ、つーの！」

渾身の力を振り絞った。引きつけた片足で、思いっきりいづなの胸を蹴りつける。

「啓明っ」

捕まえようとする手を、やたらめったらに叩き、ひっ掻き、なんとか布団の反対側まで逃げる。

「どこ触ろうとしてんだ！」

実際は触られた。濡れた指の感触はまだ尻の間にある。

「……ほぐさねば、苦しかろう」

「そーいう問題じゃねぇよ！　そもそも、だろ！　そもそも！」

啓明はパニックになって布団をバンバン叩いた。

重要なことが行き違っていると、いまさら気がつく。

「なんで、俺が女役なんだよ！　冗談じゃねぇぞ！」

「そなたは未熟であろう」

「ケツに突っ込むぐらいできる」

「……それでは自己の欲求を満たすだけのことだ。房中で生み出される神気というものは、もっと崇高で……」

「セックスに崇高もクソもあるか！」

「啓明。言葉を慎みなさい。……そなたが譲るべきだ。言いたくはないが、彼のことを思えばなおさら……」

「おまえな！　男のために女がホイホイ、別の男に足開くと……ん？」

横恋慕の口説きを妄想した啓明は、ふと言葉を止めた。

それは、啓明の頭だけの話だ。啓明は女でもなければ、心に決めた誰かがいるわけでもない。

「……んで、あいつのために、俺のケツが掘られなきゃなんねぇんだよ。え？　無理だ、無理無理。そんな、もん、無理っ！」

びっくりしたように目を丸くしているいづなの態度に、啓明は激しい憤りを感じた。びしりと指を突きつける。

「おまえを抱くぐらい、俺にもできる」

「……啓明。あの男とは」

「だーれが、惚れてるって言ったよ」

「婚礼が」

「男同士が結婚するか？　少なくとも、法律的に無理！　そうじゃなくても、雄二なんかとやれるか。気持ち悪いだろ！」

「……え」

美形が固まった。眉も瞳も、鼻筋も、くちびるでさえ微塵も狂わずに整っている。

「そうか」

沈黙を破ったいづなの声は思いのほか穏やかで、睨みつける啓明を拍子抜けさせた。

「婚礼に、出席してやりたい、ということか」

「……バカだろ、おまえ。それ以外に取るか、普通。そりゃ、宇賀神にもバカにされるっつーの」

あの蛇のような男は、ちゃんと理解していた。そのくせに、いづなの勘違いを訂正しようとはしなかったのだ。

「ならば、啓明、これで心置きなく」

宇賀神の性格の悪さに思いを馳《は》せていた啓明が顔を上げると、音もなく近づいてきたいづなの息が鼻先にかかった。

「……はい？」

「私とは、昨日……。そうだろう。ならば」

焦ったように手を握られ、いまさら全裸でいることを自覚した啓明は羞恥よりも気味の悪さに震えた。

そうなると、もう無理だ。

「やっぱ、今夜は無理。全然、覚悟できてない」

「覚悟など……」

抱き寄せられると、触れた肌からまた何かが湧き起こりそうになる。だから、なおさらに身を引いた。

「ムリ、ムリ、ムリ」

「先まではあれほど」

「あれほど？」

胸を押しのけ、睨みつける。見つめ返してくるいづなの瞳の中には、ありとあらゆる人間らしさが詰まっていて、啓明は驚いた。

まるで水の流れの堰《せき》が切れたように、いままでのおすまし顔が消え、わずかでもいいから啓明を摑もうとしてくる。

「雄二だからイヤなんじゃねぇよ。男とやる気はない。それとも、何か？　おまえがやらせてくれんの？　本当は、そっちが下でもすげーことできんじゃねぇの？　ずるいよ、そういうの」

啓明の言葉は、ぐさりといづなに刺さったらしい。

たじろいだ表情のまま、静かに手を引く。脱ぎ捨てられたままの浴衣を拾い、啓明の肩にかけると背を向けた。

「宇賀神の思惑に乗せられるところであった」

静かな声でいづなが言う。

「だが、今夜のことを謝るつもりはない」

「別に謝れなんて思ってねぇよ。けしかけたのは、俺だし。……なぁ、だからさ。仕切り直しだって言ってんだろ？　やればサクッと帰れんだろ。なら、ケツに突っ込まれる覚悟を……」

座ったままで浴衣に袖を通し、前を合わせた。啓明の言葉の途中でいづなが勢いよく振り返る。

その表情があまりにも真剣で、啓明は続きを忘れて黙った。なんとなく申し訳なくて口にしただけの軽い一言を、それと知って責めるいづなの目に射抜かれる。

バツの悪さを誤魔化《ごまか》すことも許さない真摯《しんし》な瞳が、啓明を覗き込む。

「大切な相手がいると思うから、考えないようにしてきた。でも。それが勘違いなら、話は別だ」

「別？」

「……今夜、そなたの誘いに乗ったのは……、彼のためにそこまでするのかと、……そう、嫉妬《しっと》を」

小さくなっていく声とは裏腹に、燃えるような目でいづなが見つめてくる。

月の光にさえ、ほの赤く見える眼球のきらめきに、啓明はただ黙って息を呑む。ごくりと喉が鳴り、眉を少しだけひそめた。

「勘違いに気づけてよかった。……そなたの気持ちを、踏みにじるところだ……。今夜は、私も引こう」

そっと動いた手が頬をかすめた。くちびるに触れようとして迷い、揺れただけで離れる。

立ち上がったいづなが寝室を隔てるすだれを掴み上げた。

「おやすみ、啓明」

「あ、うん……」

自分の名前を呼ばれているのに、まるで別の誰かを呼んでいるように聞こえたのは、いづなの声が甘く優しく響いたせいだ。

浴衣の紐《ひも》を途中で拾い、脇をすり抜ける瞬間、ひどく緊張した。腕を掴まれるんじゃないか、抱き寄せられるんじゃないか。そんな心配をした啓明は、何事もなく隣の部屋に戻ってホッと息をつく。

「じゃあ……」

胸を撫で下ろし振り返ったとき、いづなが少しだけ笑った。

それが何ということもない。名残惜しげな表情が薄明かりに浮かび、啓明は静かに下げられるすだれのこちら側で、自分のくちびるに手の甲を押し当てた。

「あのやろ……」

小さく小さくつぶやいたのは、悪態を聞かれないためではない。視線だけでそっとキスを残した、いづなのキザなやり方に動揺したからだ。

乱暴に帯を結び直し、布団へ潜る。

甘いキスの記憶が、くちびるに火を灯《とも》す。

男にされた感触だと言い聞かせても、唾液に濡れた舌の艶《なま》めかしさは消せなかった。

【4】


足元に景色が流れる。

高所恐怖症ではないはずの啓明《ひろあき》でさえ身を固くした。

脇《わき》の下に回ったいづなの腕も、男に抱き寄せられたくないと振り払うどころか、いまはもっと強く抱き寄せて欲しいぐらいだ。

「マジかよ！　こわい、怖いって！　ぎゃあっ！」

前から突風が吹いてきて、ふたりの身体《からだ》がふわっと浮いた。

いづなが飾りのついた棒を前に向けると、流れが左右に切り分けられ、前に進む。

雪風巻《ゆきしまき》が退屈そうだから散歩に行かないかと誘われたのは、ついさっきのことだった。

子供を言い訳に使われると断りづらい。しぶしぶとついて出た啓明の身体に腕を回した
いづなは、そのまま何も言わずにひょいと浮かび上がった。

それからずっと啓明は叫んでいる。

「そう騒がずともよい。落としはせぬ」

笑ういづなが信じきれない。昨日の今日だ。

どんな腹いせが待ってるかわからない。そう思いながら睨《にら》みつけると、考えは伝わった。でも、いづなは何も言わないまま微笑《ほほえ》むばかりだ。

薄手の生地で作られた白い山伏装束を身に纏《まと》う、いづなの長い髪が風に舞う。脚絆《きゃはん》をつけた袴《はかま》の足元は絞られ、啓明には鳶職《とびしょく》が穿《は》くニッカポッカに見えたが、見慣れた着物姿とは違う新鮮さがあった。

首からかけたぼんぼりのようなものもそうだし、手にした錫杖《しゃくじょう》もそうだ。天狗《てんぐ》の親玉だったことを思い出し、なるほどと唸《うな》りたくなるぐらいには似合いすぎていた。

「目を閉じるな、啓明。それではせっかくの景色が見えまい」

笑い声に促され、そろりと目を開く。そよそよと吹く風の中で、スピードはゆるやかになっていた。

「うっわ、すげっ……」

思わず出した声が喉《のど》に詰まる。

まぶたを開くと、視界はピンクの濃淡で埋まっていた。一面の桜『畑』だ。

「吉野の山が『春』だと昨日、聞いたので連れてきてやろうと思っていたのだ。バイクでは風情がなかろう」

「あれ、全部、桜だろ？　すっげえな。めっちゃ、きれい。ユキにも……いるのか」

いづなの胸元からするりと顔を出した管狐《くだぎつね》が、鼻先をすんすん動かす。この姿のときは会話ができない。

「きれいだなぁ、雪風巻。桜だってさ。おまえは見たことあんのか？」

バランスが崩れないように、片手でいづなの服を握り、そっと指先を伸ばした。小さな額をくすぐると、雪風巻の目がつぃっと細くなる。

「この下の川で休んでいこう」

いづなからの提案に、緊張しっぱなしになっていた啓明は心底から喜んだ。このままでは全身筋肉痛になりそうだった。

山は、下から見ても絶景に変わりがない。それどころか、四方を山桜に包まれている絶好のお花見ポイントで、穏やかに流れる川にも薄紅が映っていた。

「春ってことはさぁ」

桜の花びらが流れていくのを見ながら、ふと口にする啓明の疑問に、いづなが首を振った。

「こちらと向こうでは季節の流れも異なるのだ。案ずるな」

胸元からするりと這《は》い出た雪風巻が、くるりと宙返りをして人間の姿になる。

「水を飲んでおいで。啓明も」

そう言ったいづなが、頭につけていた黒い器のようなものをはずし、雪風巻に渡す。

「それ、帽子だろ」

「器であり、防具だ。山の水は冷たいから、ないよりはある方が良い。さぁ」

差し出された雪風巻は、両手で恭しく受け取り、元気に啓明の手を引っ張った。澄んだ川は広く、奥の方は水深が深そうな色をしている。

いづなが言った通り、川の水は冷たかった。氷水のような水が喉を潤し、胃の内側から身体を冷やす。

それからひとしきり、雪風巻の遊びに付き合い、ほどほどで啓明は引き上げた。人の背よりも高い大きな岩の上に座っているいづなに水を差し出すと、飛び降りてきて、今度は啓明も一緒に岩へと飛び上がる。

「雪風巻がヌシさまにも、だってさ。冷たくてうまかったよ」

こぼさないように持っていた黒い器の中には、桜の花びらも浮かんでいる。

「吉野の雪解け水だ。酒を造るともっとうまいのだがな」

ふっと笑いをこぼし、岩場の足元が危ないのをいいことに、器を啓明に持たせたままで顔を近づけてくる。手首を摑《つか》まれ、啓明は足を踏ん張った。抱き寄せられるのも、身体を引くのも危なっかしい。

「いづなは、天狗じゃないんだろ」

半分ほど飲ませてやり、ようやく解放された啓明はその場に座った。平らな部分が広く、座っていればそれほど危なくはない。下が砂利でなければ飛び降りるにも問題はない高さだった。

「天狗になろうと思っていたような気もするのだがな」

「何、それ」

笑って振り仰ぐと、笑い返してきたいづなも隣に腰かけた。

「こちらにいるのが長すぎて、人であったときの記憶は乏しいのだ。楽しい記憶ほど早く薄れていく」

「でも、天狗の大将やってんだろ。天狗って、どんなの？　顔が赤くって鼻が長い？」

「そういうものは力の強い天狗だな。私のもとにおるのは、カラスのような黒い身体にくちばしを持っている」

「それってカラスなの？　人間なの？」

「だから……天狗だ」

「あ、そっか。そうだな」

自分の勘違いを笑うと、いづなも笑い声をこぼした。

目の前を悠然と流れる川では、相変わらず雪風巻が夢中になって魚を追っている。水しぶきが上がり、転がってびしょ濡《ぬ》れになった身体をぶるぶるっと震わせ、また挑む。

「私が山で修行をするようになったのは、居場所がなかったからだ。それはよく覚えている。顔も形も、この目の色も、その頃から変わらぬ。小さな村だった……。鬼子と疎まれ、いつか山ではぐれてそれきりだ」

「……」

「はぐれたのか、置いてゆかれたのか。どちらでもいまとなれば同じことよ。そういう記憶が、これほどの身になってもなお抜けきらぬ。それが命夫《みょうぶ》を苛立《いらだ》たせると宇賀神《うがじん》は言うが……」

「忘れたくないからだろ」

片膝《かたひざ》を抱き寄せて、啓明は静かに息を吐いた。

「俺も置いてけぼりにされたようなもんかもな。他のヤツらには見えないようなものが見えて、それを怖がるから変だって言われて。親も持て余してさ。俺を嘘《うそ》つき呼ばわりすることで、なんとか世間との折り合いってやつ？　それをつけようとしたんだろうけど」

「でも、嘘ではなかろう」

「まぁねー。でも、ばあちゃんは優しかったんだ。なんて言ってたかなぁ。よくわかんないけど、人と違うことは大切だからってさ。俺のためによくお祈りしてたなー。なんか、こういう大きなうちわみたいなのをポンポン叩《たた》くんだ」

「名は、祖母がつけたのだな」

「ん？　いや、じいちゃんだって聞いてるけど」

「そうか。良い名だ。もし、その名でなければ、そなたは成人を迎えられなかったやもしれぬ」

「え、マジで……。何、それ。おばけに引っ張られるってやつ？」

「そういう記憶はないか？」

「俺、身体は丈夫だからなぁ。臨死体験みたいなのもないけど」

「……忘れておるだけであろう」

「そう？　そっかなー。でもさ、どこにも居場所がないって思ってたけど、暴走族《ゾク》に入ってからは楽しかったんだ。雄二《ゆうじ》、あの、おまえが先に帰してくれたやつがさ、俺が何を見ても驚かなくて。バイクで走ってても、先頭だと危ないから、いっつも後ろあたりの外側につけてくれてて。まぁ、だいたいはあいつのケツに乗っけてもらってたんだけど。……バイクのな」

表情を曇らせるいづなに気づき、じりっと睨んで付け加える。

完全に勘違いしていたらしい。いづなが照れたように笑い、啓明は笑えない冗談に髪を掻《か》きむしった。

「だからさ。あいつが結婚するって言ったとき、俺、素直に喜べなかったんだ。ひどいこと言ってさ、がっかりさせた……。もしも違うことを言っていたら、あいつはあんな目にあわなかっただろ?」

「その通りだな」

いづなの言葉が胸に刺さる。無意識に期待していた慰めの言葉がもらえず、雄二もこんな気持ちだったなら自業自得だと、啓明は膝に額を押し当てた。

「あの道は、孤独に迷ったものを誘う……。おそらくは私の消えぬ記憶がそうするのだろう。だが、それほど頻繁に開く道でもないのだ。……そなたの友人も、同じ孤独を感じていたのだろう」

「同じ?」

膝に頬《ほお》を当てたままで振り向く。

「そうだ。……そなた以外の誰《だれ》かを選ぶ孤独。そういう感情に迷ったのだ」

「……わかんねぇ。じゃあ、結婚なんかしなきゃいい」

「啓明」

「見るな」

込み上げてきた涙が止められない。

何がこんなに悲しいのか、答えははっきりしているのだ。

居場所が、なくなる。ただ、それだけのことが恐ろしくて、それだけだと、言ってしまえる自分がさびしい。

『それだけ』のことじゃないはずだ。仲間といた日々、笑い転げていた日々は、もう、永遠に戻ってこない。

それは、『それだけ』で済むことじゃない。

「なぜ、こらえる」

身体に回ったいづなの手が、一度だけ強く肩を摑み、するりと移動して背中を撫《な》でた。

嗚咽《おえつ》が洩《も》れ、啓明は足の間に顔を押し込む。涙がぽたぽたと落ちて岩に沁《し》みていく。

「啓明。よくお聞き」

啓明がしばらく泣いた後で、いづなが言った。

硬い声に顔を上げると、川を眺めていた視線が戻ってくる。

「その心を、私が埋めたい。命夫との勝負のためではなく、私とそなたのために、契りを交わしてはもらえまいか」

「……それって、どういうことだ。埋めるって」

「その友人が伴侶《はんりょ》を迎え入れるように、私を選んで欲しい」

「……」

頭の回路が繋《つな》がるまでかなりの時間がかかった。

鳥がピーチクパーチクとうるさく鳴き、雪風巻が一匹目の魚を捕まえる。

また沈黙を続けた啓明は、こきっと首を傾《かし》げた。

「おまえを嫁にもらうのか」

「……啓明」

眉《まゆ》をひそめ、弱りきった表情のいづなが、ごほんと咳払《せきばら》いをする。

「そなたを妻として迎えたい。あちらの世界で暮らしたいと言うのなら、最善を尽くす。だから……」

啓明の片手を恭しく手のひらに載せたいづなが、もう片方の手をフタのように載せる。

「どうか……」

「妻、って……。俺、おとこ……」

「一度試してみて、どうしてもと言うなら、交渉ごとの形は問わぬ。ただ、妻迎えの儀式では、どうしてもそなたが受け皿であらねばならぬ、からして……」

「それ、どうしてもしなきゃいけないのか。別にそんなことしなくても、ヤルだけでいいって、宇賀神が」

「そなたを守るのは、私でありたい。だから……どうか、私を好いて欲しいのだ」

いづなは真剣な目で繰り返す。

「どうか」

「って、いきなり、言われても……。なんで、なんで俺なんだ」

聞いてどうするのかと、口に出してすぐに思う。満足のいく理由なんてあるはずがない。顔だろうと性格だろうと身体だろうと。好きな理由なんて、いつも後付けだ。

「いや、いい。別に、聞きたくない」

握られている手を振り回して逃れると、いづながずいっと近づいてくる。さらに逃げて、手が滑った。

「うわっ！」

叫んだ啓明がずりずりっと岩の斜面を落ち、宙に浮いたと同時に引き寄せられる。守ってくれた腕に縋《すが》り、早鐘を打つ心臓の音を聞いた啓明は、時間が止まった気がした。

視線が絡む。近づいてきた顔が、怖いほどきれいな顔が、視界のすべてを覆った。

そして、すぐ後で、柔らかな髪の端に満開の桜の花が現れる。キスされながら浮き上がり、気づいたときは桜の木の中だった。

枝に囲まれ、いづなの長い髪に花びらがこぼれ落ちる。

「俺が、さびしそうだからか」

くちびるが離れ、吸い込んだ空気に桜の匂《にお》いがした。

きつく問い詰めたのに、いづなは穏やかに笑う。啓明の頬についている花びらを摘《つま》んで舞い落とす。

「そなたといると、心が穏やかになる。これまで一度も知らなかった温かな暮らしを、想像できるから……さびしいのは私の方だろう。でも、決して、埋め合わせにしたいわけではない」

「でも、俺のことは、埋めるって……」

「そう……。その孤独も私のものにしたい。だから、もうそんな気持ちにはさせない」

首の後ろに回った手に頭を固定されていなくても、桜の木の中に連れ込まれていなくても、啓明に逃げるという選択肢はなかった。甘い声がくちびるをかすめ、うっとりしてしまいそうな自分を、茫然《ぼうぜん》としたまま自覚する。

でも、それが『好き』という感情かどうかはわからない。

いづなは男で、啓明も男だ。受け入れる、受け入れないの話ではないし、そもそもあり

えない。

だけど、でも、だから。

言い訳が延々と頭の中で繰り返される。

それがついに辛《つら》くなって、啓明は目の前のくちびるに噛《か》みついた。軽く食《は》んで離れる。

追ってきたくちびるは深く重なり、そのことに満足する自分の気持ちを、啓明はただわからないと思った。

＊＊＊

重いため息がこぼれ、小刀を手にした啓明は、濡れ縁に置いた明かりの中でがっくりと肩を落とす。

恐ろしく雰囲気に流されてしまった。

薄紅色の桜に囲まれ、強引でもなく激しくもないキスを交わし、ついつい「考えてみる」なんて答えてしまったのは失敗だった。

考えてみるも何もない。男同士だ。きれいな顔をしたいづなの股間《こかん》にも立派なナニがついているのは知っているし、何よりも、啓明にのしかかってくるときのいづなの顔は完全に獲物を狙《ねら》う雄になっている。

そんな相手に対して考えてみるなんて答えは、期待しろと言っているようなものだ。もう片方の手で、木片を弄《もてあそ》びながら、啓明はもう一度息を吐き出す。男らしく断らなければ、また雰囲気で外堀を埋められる。今度気づいたときには、後悔どころの話じゃなくなっているかもしれない。貞操の危機だ。

自分の尻《しり》に異物が刺さるのを想像して、啓明はぶるぶると震えた。キスは気持ちがよかった。手も、口も、プロ顔負けだった。でも、それとこれとは話が違う。

「人間には、越えちゃいけない一線がある……よな」

つぶやきながら小さな人形を彫り上げる。

昨日のうちに作り上げた三体は、午前中に宇賀神へ渡した。庭へ落ちていたものよりは、かっこよく彫り上げた自負があったからだ。受け取った宇賀神は想像以上に喜び、また木片を渡された。

そのご機嫌ぶりに、悪い気はしない。誰かに頼まれ、何かを作るという経験が初めてで、褒められたことが重ねて嬉《うれ》しかった。

「啓明ぃ、いるかぁ」

庭から声がして、砂利を踏む音が聞こえた。

一目散に駆けてきたのは雪風巻だ。艶《つや》めいた黒い髪がふわふわと揺れている。

「ヌシさまは宇賀神さまとお話があるとおっしゃってるでよ。遊んでくれぇや」

そう言いながら階段を駆け上ってきて、

「何をしてるべか？」

息ひとつ乱さず、手元を覗《のぞ》き込んでくる。

「宇賀神に頼まれた人形。庭に撒《ま》く爆弾らしいよ」

動かしていた手を止めて、啓明は出来上がっているひとつを見せた。

「器用だべな」

両手で受け取った雪風巻は、物珍しそうに表裏を返し、明かりに透かすように眺める。

「それ、おまえにやろうか」

あまりにしつこく眺めているから、欲しいのかと思った啓明が声をかけると、耳がぴくぴくっと激しく動いた。

「ほんとうか！　もらう、もらう。小刀、ちょっと貸してくれろ」

「使えるのか？」

眉をひそめたが、子供の手はサッと動く。

「これは木端神だべ」

そう言いながら、裏を返し、小刀の切っ先を当てた。

「待て、待て。ケガするぞ！」

小さな手が刃物を握っているだけでもハラハラするのに、使い方がまた豪快すぎる。

「啓明は心配性だべぇ。ワッチは、子供でねぇよ」

「じゅうぶんに子供だろ！　うわわ、ゆび、指を切るぞ！」

「さわがしかぁ！」

けらけらっと笑う。こぼれ落ちそうなほどの満面の笑みを見せながら、雪風巻は人形の裏をフッフッと吹いた。

マークのようなものが彫られていたが、なんの形なのかはまったくわからない。

「宇賀神さまの呪《じゅ》は強ぇけども、ワッチには使えねぇ。でも、こうしておけば」

「おまえも使えんの？」

「お守りみたいなもんだ。啓明はじょうずに作るべなぁ」

「これ、何を彫ってあるんだ」

「ヌシさまの字じゃ。後で呪をかけてもらうんだべ。そんでよ、使うときは、オンチラチラヤソワカだべ」

「え？　なんだって？」

首を傾げて聞き直すと、雪風巻はもう一度、ゆっくりと口にした。一緒に何度か言ってみたが、舌がもつれるばかりだ。

「へたくそだべなぁ。啓明は作ってるだけがいいべ」

「はいはい。そうするよ」

笑い飛ばされても腹は立たなかった。幼稚園児と言葉遊びをしているような感覚でしかない。

作業を再開すると、雪風巻は黙り込んだ。ちらりと覗き込んでくる顔は真剣そのもので、啓明の手元をじっと見つめていた。

「なぁ、雪風巻。いづなのさ、『つまむかえ』って何か知ってるか」

キツネの耳がぴくんと立つ。

「するべか、啓明」

大きな瞳《ひとみ》はキラキラと輝いた。

「え、そういう反応……？」

期待に満ちた目を向けられ、啓明はたじろいだ。

男女の区別にこだわりがないのは子供だからなのか、それとも管狐だからなのか、それはわからない。

「あのさぁ。いままでも、いたんだよな」

木片についた粉を払いながら、さりげなさを装う自分に気づき、啓明は真顔になって庭の薄闇《うすやみ》を睨んだ。

「いたべな」

「それって、男ばっか?」

「いんや。女性《にょしょう》だべ」

「……女が好きなんじゃん」

ぼそりとつぶやいた言葉を聞き、雪風巻が小首を傾げた。子供のあどけない仕草だ。おかっぱの髪がさらりと流れる。

「ヌシさまが望んだことはねぇよ」

「そりゃそうだろうな。あれだけ見た目が良けりゃ」

「啓明は、ヌシさまが嫌いか?」

嘘を許さない、澄んだ瞳が見つめてくる。答えに詰まった啓明は押し黙り、無意識にいづなを真似《まね》ている雪風巻のため息が、ふたりの間に転がった。

「いままでのアカボシは、すぐにヌシさまから離れていったけどよ。ヌシさまはさびしいとも言わねぇんだ。そんなもんだべか。……ワッチはそれがさびしい」

「おまえは、いづなのことが好きだもんな」

小刀と木片を置いて、隣に並ぶ雪風巻の髪を撫でると、やわらかな動物の耳がぺたんと伏せる。

「ワッチは幼いゆえ、わからねぇのだと、よぅ言われたべな。ヌシさまのクダは、わっちを入れて三匹おるべ。あとの二匹は、そんなもんだと言うべな。わっちにはわからねぇ」

一番小さな雪風巻は、心もまだ幼い。

「だどもな。アカボシがいると、ヌシさまは楽しそうじゃ。それは好きだと言うことだべ？」

「ん……まぁ、そうだろうな」

『アカボシ』というのは、妻迎えで契った相手なのだろう。嫁を迎えては失い、そしてまた、神力のために嫁を迎える。

「でも、さ」

雪風巻の髪を撫でる手を止めた。

「好きって、終わったりもするしな」

言いながら、啓明はざわめきを胸に感じて目を伏せる。

もう一歩踏み込めば、それが何かわかりそうで、頭に思いつくままに口にした。

「それってさぁ、相手がいなくなるのか？　それとも、あいつが」

「……命夫だべ。あいつが、すっぐに奪いに来る。いっつも、そうじゃ。それで、アカボシはめそめそ泣くんじゃ。……ワッチはもう、女子《おなご》のアカボシはよくないと思うとるべな」

「それは……ひどいな」

横恋慕する命夫も、泣いて心変わりを訴えるアカボシも。

たぶん、それを許すいづなも。

そう思った瞬間、ちりちりと胸が焦げた気がして、啓明は驚いた。とっさに手を押し当てる。本当に焼けたわけじゃない。

渦巻いていたモヤモヤが、急激に発火したような気がしただけだ。

でも、確かな衝撃だった。

「けど……な」

頭の中をぐるぐると言葉が駆け巡り、手を伸ばして捕まえても、するりと逃げていく。

苛立ちを募らせた啓明は、脳裏に浮かんだいづなの横顔を睨んだ。

引き止めればいい。好きなら。

腕を摑んで、引き戻して、昨日の夜のように口説けばいい。いづなが相手なら、誰だって心変わりを悔やむ。

好きなら、そうすればいい。

行き当たった考えを、啓明は振り払った。

水に濡れた雪風巻がそうしたように、ぶるぶるっと頭を振る。

「好き、なら……」

口にすると違和感が生まれ、さびしげな目で見つめてくるいづなを思い出す。

「ヌシさまがいままでと違うのは、啓明が男子《おのこ》のアカボシだからだべ？」

心配そうな顔をした雪風巻が、啓明の足の上に、両手をちょんと添えた。

「啓明を見つけてから、ずっと考えてたべな。ワッチが管《くだ》に入って、ヌシさまの胸に入るだろう？　いっつもポカポカしてて、嬉しい気持ちになるべ。でも、静かだ。今までは、静かだった。でも、啓明と会ってからはいつもと違っとるべ。ヌシさまの胸から音がする。鼓《つづみ》を叩くような気持ちのいい音じゃ。……それがどうしてか……、ワッチの兄弟ならわかるべなぁ」

知りようのないことを惜しむ顔に影が差す。

「……啓明が帰ったら、聞こえねぇようになるべか」

好きなら、引き留めればいい。

好きなら、口説けばいい。

好きなら……。

言葉がぐるぐる回り、雪風巻から目を逸《そ》らした。

いづなが妻を迎えるのは、力のためだ。だから、めぼしい誰かを迎え入れ、心変わりを許しもする。

好きじゃないからだ。

代わりがいると知っているから。

「啓明。……啓明が男子だからでねぇくて、啓明だから、ヌシさまの胸に鼓が鳴るんじゃろうか」

子供の高い声が、啓明の胸に突き刺さる。

「鳴らねぇようになったら、さびしいべな。……ヌシさまはさびしいと言わねぇからよぉ」

しゅんと小さくなった雪風巻が、足の上に上半身を預けるようにうずくまる。

子供は子供なりに胸を痛めているのだ。主人の孤独を理解し、どうにか寄り添おうと努力をしている。

「啓明は、ヌシさまが嫌いか？　一緒におって、胸に、鼓の音がしねぇべか」

「……」

ふわふわのしっぽがだらりと垂れているのを見ながら、啓明は答えに迷った。

「そんなこと、考えたこともなかった」

雪風巻ために嘘をつくことはたやすい。大人の言葉で取り繕えば、物事なんていくらでも捻《ね》じ曲げられる。

だけど、嘘がつけなくて、啓明は小さな背中を撫でた。

「いづなは『神さま』だろ？　俺はちっぽけな人間で、神社なんて初詣ぐらいしか行ったことないしなー」

「でもっ！」

雪風巻が背を伸ばして顔を上げた。

「ヌシさまにも心はあるべよ！」

必死な声が縋ってくる。

「啓明。考えてくんろ。ヌシさまはええ神さまじゃ。本当じゃ」

「あ、あぁ……」

あまりの勢いにぐらついた身体が、そのまま押し倒される。

雪風巻はぐいぐいと胸に乗り上げ、

「さびしいヌシさまは、もう嫌じゃ」

泣き出しそうな声を振り絞った。


子供の泣き声は好きじゃない。

赤ん坊の泣き声や、わがまま言ってじたばたしているのはいい。雪風巻のように必死に縋りつかれたら、本当のことが言えなくなる。

月が空高く上り、用意された布団の中で、啓明はごろりと寝返りを打つ。両手両足を大きく伸ばし、薄い闇の中をぼんやりと見つめた。

昼間の光景が蘇《よみがえ》り、桜の花のほのかな甘さの中に緑の香りが混じり合う。流れる川のきらめきが、いまさら嫌味なほど眩《まぶ》しく思い出された。

キスをしながら、いづなは耳たぶを触ってきた。初めはそっと、次もそっと。やがて、こねるように揉《も》まれて。

くすぐったさに身をよじると、いづなはすぐに手を引いた。

あのとき、啓明の股間は勃《た》ちそうになっていたのだ。

知られたくないのと同時に、離れて欲しくない気持ちもあった。気持ちよかったからだ。

くちびるが触れて、舌が絡んで、他人の唾液《だえき》の味を感じる気持ちの悪さが、ぎりぎりのところで許容範囲に収まる危うさに溺《おぼ》れそうだった。

もっと強く抱き寄せたかったと、心の中に本音が転がり、啓明は仰向けのままで顔に腕を押しつける。

長く深い息を繰り返し、むらむらと湧《わ》き起こる感情を抑えた。

「啓明、もう眠っておるのか」

声がしたとき、深呼吸でリラックスした啓明は、半分眠りに落ちていた。すだれの動く気配がして、ぼんやりした視界の中を長身の男が近づいてくる。

スッと伸びた背筋、開いた胸。闇に浮かぶラインで、いづなだとわかった。

「起きてる……」

答えた啓明の声はぐずぐずで、

「起こしてすまない」

枕元《まくらもと》に座ったいづなに笑われる。

「なに?」

「くちづけても良いか」

「いいわけ、ないでしょー」

ふざけながら寝返りを打ち、背中を向けた。

「……そうだな」

「それだけじゃ済まないだろ、おまえ」

「そんなことは」

あるのか、ないのか。

肝心なところでいづなが黙る。

「さくら……ありがとな」

沈黙が重いから口を開くんだと、啓明は自分の胸に言い聞かせながら声を出す。それが想像以上に穏やかな語り口になり、しまったと思ったときにはもう遅い。

「きれいだったし、ユキの楽しそうな顔を見れて、なんか、俺も嬉しかった」

「そなたは、本当に優しいのだな」

「べっつにー。そんなんじゃねぇけど……。ガキがつまんなそうにしてんのは好きじゃないだけ」

さみしげに泣くのはもっと嫌だ。

「ユキがな……」

啓明はもう一度寝返って、いづなの方に身体を向けた。

「おまえのお嫁さんになって、って言うんだ」

「え？」

「違うか。妻迎え、だっけ？　それをしてくれってさ」

「……気を、悪くさせたな。子供の無邪気さは、時として残酷だ。あれには私からよく言い聞かせて……」

「ちょっと、待って！　なんでそうなんの！」

がばっと身体を起こし、いづなの腕を摑む。

「そうじゃないだろ。……いや、その」

いづながさびしそうだから、いづなのことを好きになって欲しい。雪風巻のお願いは、簡単に言ってそういうことだ。

それをそのまま伝えるのは、あまりにも恥ずかしくて、言葉を迷っているうちに、手を握られる。

「何を言ったのかはわからぬが、雪風巻なりに考えたことだろう。とはいえ、望まぬことを子供に頼み込まれては、後味も悪かろう」

「ん。まぁ、それはな……」

「時間はそれほどないが、そなたの考えて出した答えならば、黙って受け入れる覚悟をしておくつもりだ。一度きりの契りでも、心は通わせたい。たとえ、それが私の望む形ではないとしてもだ。今夜はそれを伝えたかった」

「……それだけか」

　握られたままの手をほどかずに睨むと、いづなのもう片方の手が頬に触れた。そっと、指の関節が肌をかすめる。

「どうすれば良いのか、わからぬ……」

「男は初めてだからか？　それとも、前に契った男とは、タイプが違うからか？」

「そなただから……、啓明だからだ」

　顔が近づき、額にくちびるが触れる。そっと吸われ、次に頬骨の端へ触れる。柔らかな綿が触れては離れていくようなキスが続き、最後の最後でくちびるをついばまれた。

　びりっと電気が身体に走り、顔を歪《ゆが》めてそっぽを向く。

「ユキの仲間は、おまえが力を取り戻せば見つかるのか」

　そう聞きながら引こうとした啓明の手を、いづなが強く握って引き留める。啓明は黙った。ささやかに繋がっているふたりの手を、他人のもののような気持ちで見るだけだ。

「おそらくは……」

「じゃあ」

顔を上げると、さびしげな目をしたいづなが首を振った。静かに指を立て、啓明のくちびるを塞《ふさ》ぐ。

「たとえ、それが理由だとしても、いまは聞かせないでくれ。嘘もつかなくていい。……人の心の移ろいやすさは、知っている」

「そういうこと、言うなよ。さびしくなるだろ」

「すまぬ」

「よく謝る神さまだな。あんたは」

覗き込んで笑いかけると、いづなも肩を揺らして笑う。

「そなたの前ではそうだな」

「俺はさ、嘘はあんまり言わないタイプだし、好きになったら一途《いちず》だ。重いって言われるけど」

自分で言って、自分で笑う。

痛々しい過去のあれこれが蘇ると、どうしたって気分は自虐的になる。

「好きに、なってくれ」

いづなが言った。

視線が絡み、顔を背けるのを許さない強引さで抱き寄せられる。くちびるが重なり、そのまま押し倒された。

いづなの長い髪が垂れ、ふたりを隠す。

「……無理言うなよ。ユキのためだって言われた方がましだ。好きになるなんて、そんなことさぁ。ケツに突っ込まれるより難しい」

正直な本音を口にすると、啓明の想像通り、いづなの表情が険しくなる。わかっていて、わざと汚い言葉で表現した。

泣き出しそうだった雪風巻のことを思い出すと、啓明の胸は苦しくなる。だから、いづなに言って欲しい。

逃げ道を作って欲しかった。

「あんた、この体勢じゃないと話ができないわけじゃないよな。昨日もその前もだ。人のこと、すぐに押し倒しやがって」

睨みつけると、すまないと言いかけたいづなが言葉を濁す。啓明はごろっと横向きに転がり、目の前でゆらゆらと揺れている髪に指を絡めた。

「何しに来たんだよ。おやすみのチューしに来ただけなら、もうさっさと向こうへ戻れよ」

「そばにいると落ち着かぬのだ」

「なおさらだろ。もー、いいから。向こうに行け」

「そばにいるのに離れているのが落ち着かぬ」

そう言ったいづなは、啓明の横に転がった。

「勝手なこと言うな。狭いっつーの。……って言うか、出てけ」

声を潜めて抗議したが、身を寄せてくるいづなには無視された。静かな呼吸が首筋にかかり、背中に体温を感じる。

好きに理由がいるとは思わない。ふたりの立場がどうだということも重要じゃなかった。ただ、男同士だから、啓明にはどうしても理由が必要になる。

好きじゃないけど、身体を開く理由。

そんなものを探していること自体が変だと、心のどこかでは理解している。

「でもな……」

いづなにも聞こえないように小さくつぶやいた。

あと一押しを待っている自分を女のようだと思う。

急にドキドキしてきて、啓明は逃げるようにもがいた。身体に腕が回り、またいづなが近づいてくる。衣服越しに互いの体温が高まり、腰に熱を感じた。

押し当てようとしているわけじゃなくても、隠しきれないいづなの欲望がそこにある。

一気に汗ばむ手のひらで拳《こぶし》を握り、いづなが何も言わないから啓明も黙った。逃げたいとは思わない。

そんなことをしたらいづなを傷つけそうで、傷ついたいづながさびしくなりそうで、ただ枕代わりに抱かれるぐらいなら我慢できると自分の心に言い訳する。

神さまのくせに、いづなには体温もあるし弱さもある。ここで迫るのをこらえて、それを男気だと思うバカバカしさもあるのだろう。

トクトクと、静かに脈打ついづなの鼓動が伝わってきて、啓明は小さく笑った。

雪風巻が消えて欲しくないと言った鼓と同じ音だろうかと思いながら、広い胸に背中を預けて目を閉じる。

何もされない。だけど抱きしめられる安心感は、霊現象に悩まされる向こうの世界では味わえない静寂も啓明に実感させた。

やがて忍び寄る睡魔に勝てず、啓明はそのまま寝入ってしまう。

おやすみ、と、優しい声がした。それは桜色の穏やかな響きで、啓明の身体を真綿のように包み込んだ。

【5】

真綿というものはタチが悪い。

それを一晩かけて思い知らされた啓明は、そのくせ、やけにすっきりと目覚めた自分が憎々しかった。

人の体温がふわふわと温かく、気持ちがいいと感じて目を開いた先に、いつから起きていたのか、静かに見つめてくるいづながいた。

いくら物事を深く考えないようにしてきた啓明でも、これはさすがにどうなんだと思う。好きでもない男と、いや、相手が男だからそういうこと以前の問題で、男の自分が男の腕の中で、一晩中、すやすやと眠っていたなんて。

考えたくない。考えられない。

そう唸って頭を抱えたが、泥酔した夜に、雄二の足へかじりついて寝たことを思い出す。

「そうだよ、それと一緒じゃん！」

朝の失態を思い出し、廊下の端でしゃがみこんでいた啓明は、彫り上げた人形を包んでいる布を鷲掴《わしづか》みにした。勢いよく立ち上がる。

酔っていないときでも、仲間と雑魚寝《ざこね》した翌日は、誰が誰だかわからないまま絡み合っていることだってあった。

寝ているときは無意識だ。

そこに体温があれば身を寄せるし、足を載せてしがみつくことだってある。

「なんだよ、もー」

次から次へと言い訳を並べたてる自分が一番苛立たしい。

たいしたことじゃないと思いたいがために、あれこれ考えているのだ。それは要するに、これが特別だということの証明だ。

特別。何が。

そこまできて、啓明は思いっきり髪を振り乱した。叫び出したい気分で、頭を掻きむしる。

好きだとか嫌いだとか、そんなことはおかしい。

男同士で、契るとか妻だとか、それもおかしい。

それは全部事実だ。なのに、どうして、こんなにも言い訳を探しているのだろう。

「……くっそ」

悪態が口をつき、舌を鳴らした。口に煙草《たばこ》を挟みたくて仕方がなくなり、何度も舌打ちを繰り返す。

「タバコ、吸いてぇなぁ」

部屋の外に巡らされている廊下を曲がろうとして、啓明は足を止めた。とっさに隠れたのは、向こうから歩いてくる宇賀神の手前にいづながいたからだ。

目覚めたとき、おはようと言ったきりだった。

白湯《さゆ》を渡され、飲んでいるうちにいづなはどこかへ行ってしまい、入れ代わりにやってきた雪風巻としばらく遊んだ。

「昨日のうちに、手をつけておけと言ったやろ」

宇賀神の声が聞こえてくる。

「しないと言ったはずだ」

いづなの声は硬く、ひたひたとした憤りを含んでいた。

「甘いことを言いなや。手籠《てご》めにしてでもモノにせな、朽ちた身体は元に戻らへん。それでもいいと思っているなら別やけど」

「それは……」

「絆《きずな》か？　そんなものは、後からいくらでもこさえたらええ。命夫にかっさらわれてからでは、話にならない。いままで、いくら邪魔されたと思ってるんや」

「そもそも、力というものは修行を経て増幅されるべきものだ。人に宿った力を吸い取ることは」

「……本意でないことは知ってる。もう聞き飽きた。でも、それがあちらさんに通用するか？　するんやったら、いままでの繰り返しはなんやった。命夫の精神的成長など待っておったら、食い殺されるのはそなたぞ。違うか」

宇賀神に詰め寄られ、いづなが黙り込む。

啓明はその場にしゃがみこみ、そっと柱の陰からふたりを覗き見た。

「啓明の魂《こん》と魄《はく》が分かれていることにも気づかんほど弱ったんは、何も先の争いのせいばかりやない。アカボシを失い続け、命夫の力で痛めつけられれば、神力もいつかは果てる。明神の名を返すつもりなら好きにしぃ。そやけど、啓明はアカボシにしてもらわなあかん。いままでの借りを、そっくり返してもらおう」

宇賀神の言葉に、顔を背けていたいづなが反応した。姿勢のいい背中がさらにしゃっきりと伸びる。

「返せるものは返す。だが、時間が欲しい。せめて啓明の心が落ち着き、気持ちの納めどころが見つかるまでは」

「なんとでも言うてやればよかろう。好きでたまらないでも、他の管狐のためでも、啓明自身のためでも。どうせ、言い訳でしかない。中身の質など、問うほどのものか」

「人には気持ちがある。繕って騙《だま》せば、啓明の心に」

「傷がつくぐらいのこと、気にせぇへんのが人や……。なんや？　冷たいとでも言いたげやな」

「……」

「いづな。ええか。業物を創る手を持ったアカボシなど、そうそうおるものではない。命夫に取られ、ユウヅツとなる定めなら、それも良い。もういくらか、木端が手に入ればな」

ぞくっとするほど冷たい目をした宇賀神が、ふっと息を吐き出した。手にした木扇を広げ、優雅に扇ぐ。

「そう、恐ろしい目で見んといてや。このままでは、横槍《よこやり》が入るのも必至。命夫の邪魔が入れば、向こうに置かれた身体が先に朽ちるぞ。よくよく考えられよ。アカボシはそうそうおらぬ。……おまえの気に入るような相手も」

ひらひらとした袖《そで》の陰で、いづなの手が固く握られる。かすかに震える拳を覗き見た啓明は、まるで他人事《ひとごと》のような話を理解しようと努力した。

朽ちる。その言葉がふわふわと漂い、動悸《どうき》が激しくなる。

向こうに置かれた、と宇賀神は言っていた。それは、啓明の身体のことだ。気がついて、とっさに自分の両手を見た。力を入れれば拳が握れる。何もおかしいところはない。

でも、これは『本当の身体』じゃないのかもしれない。

「自分の作り出した孤独での一人遊びなど、つまらぬ自己愛でしかない。その点では、向こう見ずな若様の方が、そなたより利口やな」

宇賀神の声から話を切り上げる気配がして、啓明は這うように逃げ出す。

ふたりに見つからないように適当な部屋へ潜り込み、向こう側へ抜ける。

庭を通り、あてがわれた部屋へ戻ろうとした啓明は、いつのまにかだだっ広い日本庭園のど真ん中でさまよっていた。

ここの庭は見た目よりも広く、距離感がおかしい。雑木林へ入ったときもそうだった。

でも、まだ屋敷は見えている。戻ればいいと思い、池にかかる橋を渡る。中の島があり、その向こうにも橋がある。

そこから池を覗くと、澄んだ水の中で優雅に泳ぐ魚がいた。真珠色のうろこが艶めき、身体をくねらせるたびにキラキラ輝く。

「戻らなきゃ、死ぬ……ってこと、か」

自分なりに考えた答えはそれだった。

魂だけが抜けている状態だとすれば、身体はまだ山の中に転がっているのかもしれない。それとも、身体は見つけられ、事故で脳死という状況か。

運が悪ければ、もう死んだと思われ、焼かれているかもしれない。

そこまで考えて、初めて怖いと思った。

自分の身体に腕を回し、ぎゅっと抱きしめてみる。

いつか帰れる。そう思うから、楽天的でいられた。

もう帰れないかもしれない。そう思うと、気持ちが萎《な》え、どうしようもなく不安が募る。

「なんだよ……もう……」

好きだとか嫌いだとか、そんなことで浮かれている場合じゃなかった。ヤらなきゃ死ぬ。それだけの話だ。

「……知ってやがったな。いづなの野郎……」

悪態で誤魔化《ごまか》しても、その理由さえ知っている。

啓明の心を埋めたいと言った告白は本物だ。だから、宇賀神にけしかけられていた昨晩は、何もしてこなかった。

耳馴染《なじ》みのいい言葉で言いくるめて、なし崩すことを良しとしないいづなの性格が、どうしようもなく鬱陶《うっとう》しい。

どんなに待っていたって、啓明から足を開くことなんてありえない。好きになっていても、抱かれることはイレギュラーだ。

ふいに視界が翳《かげ》り、鳥の声が聞こえなくなって足を止めた。

いつのまにたどり着いたのか。啓明は雑木林の中にいた。慌てて振り返ると、遠く遠くに屋敷の屋根が見える。

おかしい。

ぞわっと寒気がして、引き返そうとした啓明の足がもつれた。

「危ないよ」

腕を摑まれ、驚きで飛び上がる。

「ぎゃあ～ッ！」

悲鳴に驚いた相手は、きょとんとしていた目を細めて笑い出す。

「あー、何それ。変な声」

若い男だった。こっちの世界で三人目に現れた男は、いづなとも宇賀神とも違って、啓明と同じような洋装をしていた。

襟ぐりの広い長袖のTシャツに、ピタッとしたパンツ。短いヘアスタイルで、片耳にはじゃらじゃらと、小さな輪っかのピアスが並んでいる。

「君が、啓明くん」

きれいな声だった。ふっと笑った顔はいたずらっぽく、目尻の上がった一重が涼しい。

「だ、誰？」

痴漢に遭った女でさえ上げないような、みっともない悲鳴を聞かれたことが恥ずかしく、嫌な汗がどっと出た。

「んー？　僕のこと？　さて、誰でしょう。煙草、どう？」

「な、なに？」

動揺を隠そうと額を拭《ぬぐ》いながら手を振り払ったが、相手の腕はがっちりと啓明の手首を摑んでいた。

「もう一歩、こっちへおいでよ。そうしたら、名前でもなんでも教えるから」

ぐいっと引っ張られ、とっさに踏ん張った。

足元に落ちている木端神に気づいた男が、それをポーンと蹴《け》り上げた。

「こんな古い木端、意味ないよねぇ」

そう言われて、作ったばかりの人形の包みを、廊下へ置き忘れてきたと気づく。

「何をそんなに落ち込んでたの。あいつに守られて、つけ入る隙《すき》なんてなさそうに見えてたのに、ダウナー入っちゃってんだもんな」

「おまえっ……」

「くッだらない男でしょ。面白みのない優しいだけのヤツだもんな。理想論をくどくど並べて、最初の一歩はあなたからってさー。いっつも無責任なのよ、あいつは」

「手を、離せよ」

睨みつけても、効き目なんてあるはずもない。

「僕ならそうはさせないな。理由なんていくらでも作ってあげるよ。楽しく、気持ちよくなるの。よくない？」

手を引っ張られ、力いっぱい引き戻す。また、引かれる。

そこに、越えられない一線があった。木端は効かなくても、宇賀神の結界は存在している。

「おまえ、命夫だろっ……」

だから、中へは入れないのだ。

「あー、いい目してるね。ぞくぞくする。男は久しぶりだけど、まー、あっちの穴はどっちにもついてるからねぇ。ノープロブレム」

「……横文字使ってんなよ！」

「いいじゃん、いいじゃん。硬いこと言わないの。自分の身体が向こうでどうなってるか、知ってる?」

命夫の言葉に、抵抗を弱めた。でも、腕を引っ張られることはなかった。

「ねぇ、啓明くん。僕だってね、君を向こうへ帰してあげられるんだよ。それもね、すぐに」

「……ケツに突っ込めば、だろ……」

「いやいやいや、そうあけすけに言うなよ。舐《な》めて舐められて、気持ちよくなったら、どっちがどっちに入れてもいいじゃない。そんなのさ。男同士なんだから」

「意味、わかんねぇ」

顔をしかめた啓明を眺め、命夫は短く笑う。色めいた仕草で舌なめずりすると、額にかかっている髪を掻き上げた。

「嫌そうな顔がそそるなぁ。しかも、すっごい匂い。やらしいねー。欲しいんでしょ」

ついっと細くなる命夫の目に、性的な色が浮かぶ。下品なほどあからさまな欲情に、啓明は一歩後ずさる。

腕を引かれ、また元に戻された。

「お色気ムンムンな相手を放っておけるなんて、本当はインポなのかもねぇ、いづなは」

「うっせ、てめぇ！」

　カチンときた。それがどうしてかはわからない。黙らせようと胸ぐらに摑みかかると、色っぽく微笑んだ命夫が後ろへ下がった。

　ちりっと何かが肌を刺し、越えてはいけない一線を思い出す。

「おっそいよ」

　見た目からは想像できない力で抱き寄せられ、声がくちびるにかかった。のけぞっても、まだ追ってくる。

「愚かなのは、人の美徳だよね。啓明くん」

　笑う息がくちびるにかかり、そのまま押し当たった。

「ん、んっ！　んー、んっ」

　貪《むさぼ》られる前に身をよじり、のけぞれるだけのけぞって倒れ込む。転がるのは嫌なのか、あきらめた命夫は腕を摑んだまま笑った。

「悪いけど、青姦《あおかん》はまた今度ね。その前に、ちゃんとシルシをつけるから」

「な、に……」

　くちびるを拭った啓明を引き上げた命夫がにやりと笑う。

「啓明くんの身体の奥に、僕の名前を刻むんだよ。何回も、何回も突き上げて、白い液体を染み込ませて……。それが何かぐらい知ってるよね、処女《おとめ》でもないんだし。神さまのザーメンの味、教えてあげるよ」

少年めいた面差しの残る顔に、不似合いな残虐性が見え隠れする。

「ふざけんなっ」

首を振って逃げようとしても、引き戻される。背後から抱きつかれ、手が股間に伸びた。

「やめ、ろっ……」

身をよじらせ、命夫の足を踏む。

どんっと突き飛ばされて転がった啓明の目の前に、小さな身体が立ち塞がっていた。啓明を突き飛ばしたのは命夫じゃない。

「いたっ……」

手の甲を押さえる命夫の目に殺気が走る。

頭で考えるよりも先に、習性が働いた。雪風巻の襟を摑み、引き寄せる反動で身体を起こす。

衝撃が肩で弾《はじ》け、啓明の口から呻《うめ》きが洩れる。

「子供に、何すんだよッ！」

雪風巻を胸に抱き込んで睨みつけた。いまの衝撃が雪風巻に当たっていたら大変だ。

手の甲をさすっている命夫はせせら笑った。

「子供？　頭の悪いクダだろう。ちょこまかと腹立たしい」

「啓明に何するだ！」

啓明の腕から這い出た雪風巻がすくりと立ち上がる。

「まだ、味見程度じゃないか。これからだよ、チビ」

「触るでねぇ。ヌシさまのアカボシじゃ！」

「まだシルシもついてないだろ。まぁ、あいつのはいっつも薄いからな。ついていても、すぐに上書きできる程度だ。ほらほらチビはどいていろ。ケガをするぞ」

「退《ひ》くのはそっちだべ！」

叫んだ雪風巻が、着物の袂《たもと》から小さな木片を取り出す。

啓明が作り、雪風巻にやった木端だった。

「子供が爆弾遊びってのはよくないな」

かけられている術の強さがわかるのか、命夫は一歩後ずさる。

「だが、ガキはガキだな！」

そう叫び、両手を組み合わせた。びゅっと風が吹き、雪風巻の足元がすくわれる。木端が宙に飛び、土の上に落ちた葉が舞い上がる。

腕をかざした啓明の目の前で、雪風巻の身体が変化した。子供から小さな管狐の姿に戻り、ビタンと音を立てて落ちる。

「ユキ！」

「遊びはここまでにしよう。チビのせいで、結界が波立った」

「離せよ！」

腕を掴まれ、雪風巻に手が届かない。

「死んではいない。でもね」

命夫が顔を覗き込んでくる。きれいなだけの顔立ちが、残忍な笑みを浮かべた。

「殺すこともできるよ」

「おまえっ……」

腕が身体に回り、足が浮く。

そのまま、命夫は風に乗って飛び上がった。いっそ落ちればいいともがいたが、男の腕から離れても、啓明の身体は浮いたまま運ばれ続けていた。

どれほど飛んでいたのか、時間の感覚はまるでなかった。

アニメでよくあるワープの映像のように周りの景色が流れ去り、単なる色の洪水になったと思った直後にはこぢんまりとした日本家屋の中にいた。

宇賀神の屋敷とは違い、壁と障子があり、床には畳が敷かれている。

投げ出されて暴れた啓明は押さえ込まれ、呪文でおとなしくさせられた。意識があるのに身体が動かず、どこからともなく現れた美女軍団に抱え上げられ、怯《おび》える間もなく服を剝《は》がれた。

風呂《ふろ》に入れられ、真っ白い着物に着せ替えられ、いまの部屋に運ばれた。

「どうだったー？　気持ちのいいお風呂だったでしょ？」

軽薄な口調でふらふらと近づいてくる命夫の後ろで、薄い衣を身につけた美女が出ていき、静かに障子が閉まる。

畳敷きの部屋の奥はもう一段高くなっていて、床の間の前に用意された布団の上に啓明は転がっていた。

天井からは薄青のレースが垂れさがっている。

「悪趣味だ……」

さっきまで呻くことしかできなかった喉に、声が戻っていた。

絞り出すと、かすれて響く。

なっていた。

命夫も啓明と同じ白い着物を着ているが、着付けはゆるく、胸から腹にかけてが全開になっていた。

「抜かれちゃった？」

「うっせぇよ。てめぇがやらせたんだろうが」

たまらずに吠《ほ》える。

全裸で風呂に放り込まれ、引き上げられたと思ったら、泡だらけにされたのだ。それだけじゃない。女たちの柔らかい手は恥ずかしげもなく啓明の身体を撫で回した。

「上と下の口は使わないように言っておいたんだけど……。心残りなら誰か呼ぼうか」

「いるか！」

「どうせなら、愉《たの》しんでもらいたいんだけどなぁ」

「ふざけんなよっ」

「口の悪い新妻も悪くはないね。……いづながが惚《ほ》れたと思うとなおさらだ」

近づいてきた命夫が足元に座る。くるぶしを摑まれ、啓明は足を揺らした。もっと勢いよく動かすつもりだったが、まだまだ身体の自由は失ったままで思うように動かせない。

「キスはお預けにしようか。君は平気で舌を嚙み切りそうだ。……うん、そうだよ。逃げるなら、その方法があるからね」

命夫の目が細くなる。

「舌を嚙み切ればいい。血が流れて意識が遠のいて、気づいたら終わってるよ」

残虐さが涼しげな目元に火を灯《とも》す。興奮しているのがわかり、啓明はぶるっと震えた。

「まぁ、死ねないけどね。死ぬ前に、儀式は終わる。そうなれば、自分の意思では死ねなくなる。肉体のある向こうならともかく、こっちでは無理だよ。……さて、と」

命夫の手が再び伸びてきて、啓明の足首を摑んだ。

「甘露の入った筒でも覗かせてもらおうか。きれいにしてもらってきたんだろう」

「てめっ……！」

膝を左右に割った手のひらが、着物の裾《すそ》を跳ね上げた。それから、するすると付け根まで下りてくる。肌の感覚は風呂に入ったときからずっとある。

だから、女たちに弄ばれて反応したのだ。

閉じようとした足の間に命夫が身体を進め、下着をつけていない下半身が露《あら》わになる。萎えた性器がいきなり握られ、急所を責められる恐怖に身を引いた。

揉まれさすられ、やがて嫌悪や恐怖では抑えられない感覚が芽生える。柔らかい肉が反応を示し、命夫の目に勝ち誇った笑いが浮かんだ。

「大きくなってきたね、啓明くん。まずは気持ちよくなろうか。それが嫌なら、こっちに入ってもいいよ？」

片方の手で啓明の性器を扱《しご》いたまま、もう片方の手が後ろへ滑る。

「んっ」

不意打ちだった。ぐっと押し込まれ、指が刺さったのだとわかった。

「やめっ、ろッ！　気持ち悪い！　触るな！」

「だぁーめッ。ここに指よりも太いものを入れて、トロトロになるまでこすって、奥の柔らかい場所を何回も突くんだから」

「……この、変態やろうッ！　痛いっ……、嫌だっ」

何もつけていない指がぐいぐい押し込まれる摩擦の痛みに、啓明は顔を歪めた。その頬を、命夫がべろりと舐める。

「いい顔しちゃって。たまんないね。甘くていい匂いしてるよ。気づいてないんでしょ？俺たちの大好物の匂いだ。お砂糖みたいに甘くて、熟れた果物みたいにいやらしい。まぁ、あれだね。フェロモン、ダダ漏れってやつ？　さすがにいづなもサカったんじゃない？」

「……くっ」

「力入れたら、切れちゃうよ。いいの？」

指がぐりぐりと動き、啓明は苦痛から逃れようと腰を揺らした。それが、命夫の手に性器をこすりつける結果になる。

痛みの後に、快感が追いかぶさり、また痛みが蘇った。

「……んっ、く」

「あー、我慢しちゃうんだ。気持ちよくなればいいのに。おバカだなぁ」

「うっせぇんだよ。バカはそっちだろ」

悪態をついて睨みつけると、気にもとめない顔をした命夫が微笑んだ。

「そっか、そっか。啓明くんは痛いのは我慢できるタイプなんだな。じゃあ、痛いのはやめとこう。イイ声、聞かせて。ね？」

何が起こったのか、わからなかった。

指が抜かれた安堵《あんど》感に浸る暇もなく、こすられた性器が激しく跳ねた。

「あ、あぁっ！」

さっきまでそれほどでもなかったはずの快感が、一気に増え、たまらずに声をあげて身をよじる。手を動かされると、頭の芯《しん》がびりびり震え、息が乱れて呼吸もままならない。

「やっぱり、気持ちいいのには弱いんだなぁ。いいでしょ？　こうやってこすられると、ほら、いやらしい音までさせて……。ねぇ？　先走りだけでこんなに音がしちゃうんだね」

命夫の手が扱くたびに、ぐちゅぐちゅと音がした。それは快感に煽《あお》られた啓明の先端から溢《あふ》れ出る体液だ。

羞恥心《しゅうち》を煽られ、耐えようとしても無駄だった。

「あっ……やめ、っ。……や、っ……」

「と、言いながら、どんどん濡れちゃうのはなんででしょうかー？　啓明くんの身体が、ドエロだから、なのかなー？　それとも、初めて男とヤる期待で、興奮してるから、なのかなー？　あれ。こっちもぴくぴくしちゃってるよ。……ほら、さっきはあんなに嫌がってたお尻の穴。今度は指も入っちゃうかもね。君のよだれでビチョビチョだ」

指の腹が、啓明の後孔を撫でた。先端がつぷりと入り、抜き差しされても痛みはない。でも、ゲスな言葉で煽られた嫌悪感は激しく募った。

嫌がるほどに穴はすぼまり、命夫の指が内壁をなぶるように掻く。

「んっ、んっ……やめっ」

「ねぇ、僕じゃなくて、いづなの指がよかった？」

命夫が身を寄せ、覗き込んでくる。その目は、人の望みを踏みにじる喜びで暗い光を放つ。

「あいつに愛されればアカボシ。僕に愛されればユウヅツになる。所有のシルシがどちらかっていう違いだけだよ。いままでの相手はね、みんな僕のことを好きになった。いづなはさぁ、女相手でも一度しかシルシをつけないからね。横恋慕すれば簡単に上書きできる。その一度目が強姦《ごうかん》まがいでも、相手が転ぶのは早いよ」

「……最低、だなっ」

「そう？　でも、君だって、こんなに濡らしてるじゃない。ほら、指がもっと入りそう」

中で指がぐりっと動き、啓明は背をそらしてくちびるを噛んだ。じわじわとした快感が腰にまとわりつき、涙が滲《にじ》んでくる。

嫌悪感が尾を引き、虚《むな》しさが胸に広がる。

「気持ち悪《わり》ぃんだよ！　シルシだかなんだか知んねぇけど、つけたきゃさっさとつけろ！」

啓明はやけになって叫んだ。

思い出すのは、桜色の中で交わしたキスだ。

濃厚に舌を絡め、でも、身体のどこにも触れようとしなかった、いづなの目を思い出す。

無理に抱くことはいくらだってできたはずだ。なし崩しだってできる。なのに、あの瞳で、いづなは許しを待っていた。

神さまのくせに、人間とは違うくせに、愛情と名のつく何かがふたりの間に一瞬でも芽生えるのを待っていた。

真摯《しんし》で清廉で、面倒くさいほど誠実だ。

「……てめぇより、いづながいいに決まってんだろ！　おまえが俺を犯してもな！　俺はあいつのところに戻る。上書きできんだろ！　してもらえばいいだけだろ！」

涙が溢れてこぼれたのは、強引に引き出される快感への悲しみでも苦しみでもない。言い訳を求めて、いづなを受け入れられなかった自分への後悔だった。もう一度、求めてくれるのかどうかはわからない。

命夫の触れた後では嫌だと言われるかもしれなかった。

でも、きっと大丈夫だと、信じる気持ちが胸の奥にある。

それを愛情とは呼べないけれど、好意であることは間違いない。

「いままでのヤツらは、おまえのこともいづなのことも好きじゃなかったんだろ。好きなら、ふらふらしたりしない」

そんなことを言えるほど、啓明自身の恋愛遍歴も真面目《まじめ》じゃない。だけど、ハッタリをかます。

命夫を睨み、あざけ笑った。

「強がりだなぁ、啓明くん」

苛立ちを見せた命夫が、眉をぴくりと動かした。

「それなら、それで、僕の方は結構だよ。君の初めての男として、破瓜《はか》の蜜《みつ》をすするだけだ」

言うなり、啓明の胸に顔を伏せ、乳首に吸いついたかと思うと強く噛む。

「痛ぁ……ッ」

肌の裂ける痛みに背を反らし、逃げようとした腰を引き寄せられた。

「挿《い》れるよ」

ぐっと体重をかけられ、硬い何かが入り口を押し開こうとする。

「マジ、かよッ」

命夫の腰は強引に動き、押し開くというよりはむしろ捻じ込もうとされた。啓明は恐怖に顔を引きつらせた。

あごを強く摑まれ、骨が軋《きし》む。

「挿れるって言ってんだから、力を抜きなよ。いづなに抱かれる前に壊れても知らないよ」

嗜虐《しぎゃく》的に笑う命夫が前後に揺れると、切っ先が肉襞《にくひだ》をつつく。

「……やめっ。……やだっ……。いづなっ……」

「呼びなよ。……あんなに弱った身体で僕の結界が破れるわけもない。ほら、もっと叫んで。その声がいやらしくおねだりするようになるまで、さぁ、どれぐらい耐えられるかな……」

命夫の手が尻の肉を摑み分けた。

「離れろっ……。いやだ！」

よじろうとした身体の自由が利かず、啓明は恐怖におののいた。誰にも触られたことのない場所に、想像もつかないものがめり込もうとしている。

痛みよりも、されるがままになっている自分の無力さに涙が滲んだ。情けなくてたまらない。

息を引きつらせ、拳を握り、力の限りに叫ぶ。

「いづな！　いづな！　なんで来ないんだ。なんで、なんで助けてくれないっ！　……いづなぁッ！」

助けて欲しくて叫んだわけじゃない。

もう、あきらめたのだ。だから、性的な暴力の屈辱を感じるよりも、いづなに対する不当な怒りに身を任せる。

悪態をつき、汚い言葉で罵《ののし》り、いづなを呼ぶ。

「……少し、黙れ」

飄々《ひょうひょう》としていた命夫が、眉をひそめる。

そのとき、地響きが轟《とどろ》いた。

驚いたのは、啓明だけじゃない。身体を離した命夫が部屋の障子を振り返ると、

「若様！　結界が……ッ」

美女の一人が転がり入ってきて叫んだ。

その後ろから突風が吹き込み、啓明と命夫を覆い隠していた薄青のレースが巻き上げられた。

「宇賀神め！」

命夫が怒鳴り声をあげ、啓明は目を閉じた。すぐに風が止《や》み、恐る恐るまぶたを開けてみると、膝をついた命夫の背中が見えた。

その向こうでは、はずれた障子が風に舞い、畳が一枚ずつ剝がれ始める。

「……宇賀神の力など、借りるまでもない」

山伏姿のいづなが、そこにいた。装束はぼろぼろに破け、髪が風に逆立っている。厳しい表情をしたいづなが命夫を睨むと、どんっと大きな音が鳴り、屋敷の天井が一気に抜けた。

大きな渦になっている風が空へと突き上がり、数本の竜巻がいづなを取り囲んだ。

「術を使うほどの力が残っているようにも見えないけどな！」

立ち上がった命夫の腕が宙を切る。目には見えない一閃《いっせん》が走り、分断された竜巻は一瞬で消滅した。

巻き上げられた家財道具や瓦《かわら》が庭先に落ち、激しい音が折り重なって響く。身体が動かないながらに啓明は首をすぼめる。

「人を相手に、無体なことを」

怒りに声を震わせるいづなは、啓明を見ようとしない。髪の先がゆらゆらと揺れ、身体のそばに漂っている。

「こんなやり方で得た力にどれほどの価値がある」

「うるさいよ。おためごかしばかりだな、おまえは。いままで自分がしてきたことを思い出してみろよ。たった一度の契りで、おまえに焦がれる人間の嘆きをかえりみたことがあるのか」

「……」

「答えられないだろうね。この男に、知られたくはないだろう。己の薄情さを」

「黙れ、命夫。……彼は私のアカボシだ」

「さて、それはどうだろうね。僕のユウヅツにするのもたやすそうだよ？」

「想像でものを言うな」

「どうせ、今回も最初だけだろう。優しい言葉で懐柔して、蹂躙《じゅうりん》した後は歯牙《しが》にもかけない」

いづなの周りの空気が揺れた。収まっていた風がまた生まれ始める。

「何を言うべか！」

いづなの胸から這い出してきた管狐が、宙返りで人間の姿に変わる。

「そんなこと、ヌシさまはしねぇ！　薄情なのは、おまえではねぇか！」

甲高い子供の声が、悲痛なほど必死に叫ぶ。

「……おや、いづな」

白い着物姿の命夫が、ふいに肩を揺らして笑う。

「結界破りで神力を使いすぎたね？　立っているのがやっとじゃないか」

言われたいづなは表情さえ変えない。でも、唯一残っている畳の上に立つ足は、いまにも震えだしそうなほど力が入っていた。

「これは好都合だ。もう一度、社《やしろ》に送ってやろう。今度は、おまえのところの天狗にも解けない封印をつけてやる」

「愚かだな。命夫。あやつらを甘く見るな。……啓明、聞こえているな?」

命夫を睨み据えたまま、いづなが言った。

「俺を想ってくれ。信仰は、それ即《すなわ》ち力だ」

「笑わせるなよ?」

いづなをせせら笑う命夫の背中から、啓明は視線を転じた。

視線の先に立ついづなが、苦しさをこらえた顔に笑みを浮かべる。

「命夫。啓明の縛《ばく》を解け。このまま帰すなら、代償はいらぬ」

「そんなことを言えた立場か!」

命夫が指を鳴らし、風を切る音とともに空気が震えた。青白い閃光《せんこう》が幾筋も宙を走り、いづなが手のひらを向ける。半分は弾け散り、もう半分がいづなの身体を傷つけた。服が裂け、赤い筋が頬を伝う。

「啓明! 解くぞ!」

叫んだいづなが、両手を複雑な形に組み合わせる。

「させるか!」

「オンチラチラヤソワカ!」

命夫の声に、雪風巻の叫びが重なった。振りかぶった短い腕から、何かが放り投げられる。

それは放物線を描き、命夫の肩にぶつかった。

火花が弾け、啓明は自分の顔を腕で覆った。何が起こったのか、はっきりと理解できないままに身体が風に巻かれて浮き上がる。

「この小童《こわっぱ》めがぁッ！」

怒声が響き、閃光が炸裂《さくれつ》した。

次にした悲鳴が誰のものか、理解する前に血の気が引いた。いづなの腕に抱かれ、啓明は離れた場所からそれを見る。小さな雪風巻がもんどり打ち、管狐の姿で畳の上に叩きつけられた。

「啓明ッ！」

いづなの声が遠く聞こえた。怒りが心頭に達し、啓明は歯が削れそうなほど強く奥歯を嚙みしめた。

命夫の気を逸らすため、雪風巻は木端を投げたのだ。同時にいづなは啓明を助ける。それは主従であるふたりが考えた作戦であり、雪風巻の実態が管狐であることを考えれば、ごく普通のことなのだろう。

でも、啓明には理解できなかった。

雪風巻が小さな子供の姿をしているから。

それも怒りの理由ではある。でも、それ以上に、いづなを慕う姿がいじらしく、自分に懐く姿をかわいらしいと思っていたのだ。

啓明の中で何かが壊れた。

「いかん！」

いづなが叫ぶ。

「命夫、避《よ》けろ！」

敵であるはずの命夫に向かって声を張り上げた。

それと同時に、風が起こった。

轟々《ごうごう》と音を立てた渦に、雪風巻が浮き上がる。

そして。

パァアンと空気が裂けた。

雲間から一直線に落ちてきた光の玉が、命夫の肩を貫く。

いづなが起こした風が止み、啓明の伸ばした腕の中へ、音もなく降る雪のように、管狐の姿をした雪風巻の小さな小さな身体が落ちてくる。抱きしめると、豊かな毛並みはつやつやとして、まだ温かい。

袖にくるむようにして、ひしと抱きしめる。

あとは、破壊された屋敷の骨組だけが残り、静寂は長く尾を引いた。

＊＊＊

現場の惨状に肩をすぼめた宇賀神が、肩を押さえてうずくまる命夫の頭をバチンと叩いたのにも驚いたが、時間を置かずにやってきた黒い天狗の群れに啓明は度肝を抜かれた。黒い山伏の衣装と黒い翼。顔面には鋭いくちばしが生えていた。人間のような身体つきをしていたが、あきらかに異形だった。

それらに取り囲まれた命夫は、あっという間に空に舞い上がり、残った烏《からす》天狗の一羽は、宇賀神やいづな、そして啓明にまで『若様』の無礼に対するお詫《わ》びを繰り返した。

丁重かつ腰の低い態度は、啓明の中の毒気を完全に抜き去り、いづなの『敵』だと思っていた命夫のイメージも一変した。

ふたりがライバルであることは確かだとしても、それは生きるか死ぬかの戦いではなく、若い未熟な神が、人間上がりの神と張り合っている。ただ、それだけの構図だった。

「啓明。正気か？」

声をかけてきた宇賀神が、着物の袖を広げるように腕を伸ばす。

「俺は、別に」

視線に促され、胸に抱いた雪風巻をそっと渡す。ぐったりとした管狐はぴくりとも動かないままだった。

「……おかしな男だ」

そう言って笑みを浮かべた表情が、腕の中を見下ろしてにわかに曇る。

でも、そのことには触れなかった。

「あれは、啓明の力やない」

いづなへと視線を向け、

「祖母の信仰によって蓄積していた妙見《みょうけん》の力や。そこへ命夫がちょっかいをかけたから、バランスが崩れて発動したんやろう。……しかし、それでもまだ正気とはな」

啓明をちらりと見る。

「知っていたのか」

問いかけるいづなは、宙に浮いたまま、啓明の肩を抱き寄せていた。

「わからないはずがない」

私を誰だと思っているんだと言いたげに宇賀神があごを反らす。

「『啓明』とは明星の異名や。霊感が強くても生きてこられたのは、祖父母が信仰によって守ろうとしたからやな。啓明の匂いは、陽の気の強さゆえや」

そう言って啓明を見据えた宇賀神は、口元だけに微笑みを浮かべた。ぬるりと動く蛇のような目は黒々と美しく、啓明は、そこに映る自分を見る。

「そなたの怒りに共鳴した星が転げ落ちて、命夫を撃った。致命傷ではないとしても、貫きどころが悪ければ、命夫であっても瀕死《ひんし》になったやろう。神も死に絶えることがある。……でも、それは、そなたの責任ではない。気にするな。それよりも」

宇賀神の目が、いづなと啓明を交互に見て、それから腕の中でぐったりとしている雪風巻を見つめた。

「撃たれどころが悪かったのはこちらの方や。魂《こん》と魄《はく》が分離しかかっている。このままでは、他の二匹と同じ運命や」

「それって……」

黙っていられず、啓明は身を乗り出した。

「そう。魂《たましい》が剝がれて、身体が朽ちる。そうなれば魂はさまようことになるやろう。……私には何もできぬ」

「俺と同じなんだな」

「聞いていたのか」

いづながハッと息を呑《の》む。

「……雪風巻はいづなの使役や。ここで私が術を施せば、主《あるじ》が変わることになる」

宇賀神の言葉に、啓明は勢いよく振り返った。

どこを摑めばいいのかもわからないほどボロボロになったいづなの服を摑む。

「じゃあ、早くなんとかしてやってくれ！　早く！」

「……啓明」

いづなの目に憂いが浮かび、その表情が苦々しく歪む。

肩を摑んで揺さぶる啓明の視線から、いづなはそれでも視線を逸らさなかった。

「どういうこと？　なぁ、いづな」

「もう一度繫ぎ直す力さえもないのや」

宇賀神の声に止められ、縋るように見上げる。いづなの苦悩が、見つめ合う目から伝わってきて、啓明は無言で拳を握った。ブルブルと震える腕を振り上げ、躊躇《ちゅうちょ》なくいづなの胸へ叩きつける。

「なんで！　なんでだよ！　神さまだろ？　神さまだろ！」

「神とは万能の力ではない」

宇賀神がピシャリと言い放ち、その場に崩れ落ちそうになった啓明の身体にいづなの腕が回る。

抱き留められ、たまらずに服を掴んだ。破れ目に指を入れ、思いっきりしがみつく。

「ある。……方法はある」

啓明は声を絞り出すように言う。

頭の芯が痛くなるほど、誰かを失うことの怖さに怯える。

雪風巻は人間じゃない。成長さえしない永遠の子供だ。

それでも、それでも、それでも。

繰り返し、胸の内で叫んで、いづなの顔を両手で掴んだ。

「そうだろ、宇賀神。そうだろう」

宇賀神の方は見ずに、いづなだけを見つめて問う。悪い病気のように震え続ける身体を持て余し、声は低い唸りのように沈んだ。

「ある」

凛《りん》と澄んだ声が響く。

「『契りの儀式』を行い、力を増幅させてやればいい」

「やろう、いづな」

「啓明……」

ためらう視線が逃げる。その頬へ指を食い込ませ、啓明は大きく息を吸い込んだ。

「やらないなんて選択肢はないんだよ！　ユキはどうなるんだ！　死んだって、仲間のところへ行けるわけじゃない！　おまえのそばにいさせてやれ。これからもずっとだ！　いづな！」

何かを言い訳にしたくないと願ったいづなの気持ちはわかっている。いま、ふたりの『きっかけ』に理由を作れば、それはもう二度と覆らない。

この先がどうなろうとも、関係の動機は、愛でも恋でもなく、誰かのためだ。

「いづな……」

頼むと言えない啓明の胸にも、苦さが広がる。

「屋敷に戻り、急ぎ、儀式の準備をさせる。それまでの時間稼ぎならば、私の術でもことが足りるやろ」

いづなの視線が、飛び上がる宇賀神を追う。

涼しげな目元に浮かんだ憂いが決意に深く沈み、自分の望んだことに打ちのめされる気分を、啓明はどうすることもできなかった。

宇賀神の屋敷に戻ってから、それぞれに風呂へ入り、身体を清めて白い着物を身に着けた。

それは命夫の屋敷で受けたことと変わりなく、違っているのは、宇賀神の屋敷の美女たちに身体をまさぐられたりはしなかったことぐらいだ。

案内された部屋は四方を御簾《みす》に遮られ、中心に置かれた畳の上に布団が敷いてあった。その周りを囲む、布を垂らした衝立《ついたて》の前に座り、盃の酒を飲んだ。

神前の結婚式と同じように巫女《みこ》装束の美女が酒を注ぎ、三つの盃を交互に使う。甘い御《お》神酒《みき》は喉を潤したが、ただでさえ視線を逸らし合うふたりは、さらに無口になっただけだった。

キスもしないままで横たわり、指が肌を撫でる感覚を、啓明はぼんやりと意識の外へ押しやる。そうしていないと息が乱れてしまいそうで、深い呼吸を繰り返す。

でも、それさえいつしかぎこちなくなってしまい、身をよじって避けようとしても、いづなの触れる場所から熱が溢れた。

「んっ……ふ」

帯さえ解かない手に裾を乱され、啓明はのけぞるように身を揉んだ。身体に緊張が走ると、肌に触れようとした手が止まる。

「すまない」

謝られる意味がわからなかった。

「無理を、強いられた後で、こんな……」

離れようとする身体を、とっさに摑む。腕や、首や、鎖骨のあたりばかりを撫で続けられて、知らず知らずのうちに募った興奮が脈を打った。

期待を裏切られ、落胆するよりも悲しくなる自分に茫然としながら、摑んだ腕を離せずに見つめる。

感情を押し隠そうとするいづなの声に、ようやく謝罪の理由を理解した。

命夫に拉致《らち》された後のことだ。いづなが助けに来るまで、啓明は愛撫《あいぶ》にさらされていた。それが、心に傷をつけたと思っているのだろう。

「されてないよ。……指は挿れられたけど、それだけだ」

顔を背けてそっけなく言うと、いづなの身体がびくりと揺れ、驚いて視線を向けた啓明は啞然《あぜん》とした。

「怒るなよ……」

「……無理だ」

眉をひそめるいづなは目を伏せ、感情をやり過ごそうとして口ごもる。

こんなときの沈黙ほど嫌なものはない。

「ごめんな。抵抗、できなくて……言い訳かもしれないけど、でも」

「できぬのは当然のことだ。なぜ、そなたが謝る。そんな必要はない」

「でも、怒ってるだろ」

「それは……、あいつに対してだ。そなたに対してでは、断じてない」

手のひらが頬を包み、指先で掻くように撫でられる。啓明は、奥歯を噛んだ。ぶるっと身体が震え、ただ、それだけの愛撫で腰が疼《うず》く。

「……俺が、好き？」

胸の奥がじくじくと傷《いた》んだ。まるで膿《う》んだ傷のように脈を打ち、言葉にならない恐怖が身体に回る。

答えを待つ時間の長さに、泣きたいような気持ちになった。

「なぁ……」

答えが返ってこない焦《じ》れったさが、不安を通り越して怒りに変わる寸前、いづなは細い息を吐いた。身体を起こし、啓明の腕を引く。

「好きでなければ悩むまい」

そう言って、布団の上で向かい合う。

「雪風巻のためと言われれば、是非もない。だが、そなたは、そうやって誰かのために身を犠牲にする」

指が、啓明の手を握る。いづなの肌の熱さに、啓明の胸はせつなくわななき、叫び出したいほど追い詰められた。

「それが、私のためだけであればと、そう思ってしまう自分自身の心根が辛いのだ。そなたの望みならば、どんなことでも受け入れたいと思っているのに……すま」

「うわっ。うわわわ！」

慌てて手を伸ばし、いづなの口を塞ぐ。

「ストップ！　ダメだ、だめ、だめ！」

叫んで、大きく息を吸い込んだ。

すぐ謝るいづなの態度に笑い出したくなって、深呼吸を繰り返したが無駄だった。にやにやと頬をゆるませ、いづなの首の後ろに手を回す。

そのまま、引き寄せながら身を乗り出した。

くちびるがぶつかる前に首を傾ける。

逃げようとする男を逃さず、両手で耳を引っ張って息を継ぐ。合わさるくちびるの角度を変えてもう一度、それから、またもう一度。今度は舌をそっと這わせた。

いづなの身体が震え、やっと腕が背中に回る。

「なぁ、好きか。いづな。……俺は、好きだ」

びくっと震えて緊張する肩は、人間よりも人間らしい。だから、もっと好きだと思う。

「ユキには悪いけど、言い訳だ。こうでもしないと、俺の踏ん切りがつかない。男なんだよ？　なのに、俺から抱いてくれなんて、そんなこと……言えないじゃん」

「啓明」

いづなの頬にさっと生気が宿り、端整な顔立ちがいっそう際立つ。

「あからさまに喜ぶな、っての……。変な神さまだな」

「啓明」

もう一度呼ばれ、啓明は視線を伏せる。

男の声が凛々《りり》しく響き、愛《いと》しげに呼ばれているのが自分だと気づく。

それだけで浮き立つ気持ちが恥ずかしくて、

「啓明。そなたが愛しい」

古風な告白の、気障《きざ》な言い回しにも身悶《みもだ》えた。

「そんな……、おまえ、いまどき、おまえ……」

笑いたいのに笑えず、震える身体を持て余して、相手の胸に拳をぶつける。愛しいと言われて喜ぶ気持ちが走り出し、視界に映るすべてのものが歪んだ。

いづなだけがそこに残る。

「おまえのためだよ。ユキを失って孤独を感じるおまえを、俺は見たくない」

見つめ合う恥ずかしさに揺らす視線を追われ、啓明は笑いながら身をよじる。逃げては追われ、また逃げる。

いづなの手が帯にかかり、どちらからともなくキスをして脱がし合った。

「いづ、な……っ」

初めて肌が触れ合い、息が上がる。厚い胸板に迫られた。

「そなたが、欲しい。……啓明。妻に、なってくれ」

妻乞《つまご》いの声は甘くかすれ、啓明の胸の奥を強く揺さぶる。喘《あえ》ぐように息を継ぎ、裸の肩に頬を押し当てた啓明はうなずいた。

「もしも家族ができたら、全力で一緒にいられる努力をするって決めてるんだ、俺。……親が俺をあきらめたようには、絶対にしたくない。だから、俺とずっと一緒にいて……」

胸と胸がさらにぴったり重なり、強く抱きしめられる。

「約束する」

耳元でいづなが答え、啓明はいっそう強く抱きついた。

「おまえが神さまだろうがなんだろうが、問題があったら話し合う。わかるまで、話し合う」

「わかった……」

「ユキも一緒だぞ。あと、いなくなったふたりも探す」

身体を離したいづなに体重をかけられ、布団の上に倒れ込む。腰がこすれ、互いの熱が直《じか》に触れ合った。

いづなの指に握られ、息を詰めて目を閉じる。

「……探すためには」

「わかってる、わかってんだよ！」

叫びながら、啓明の方もいづなの昂《たか》ぶりに指を絡めた。いづなの熱が打ち震え、その質量がさらに増える。

「……あいつ一人じゃ、かわいそうだろう。見た目のまま、子供じゃないってこともわかっている。でも、さびしいって気持ちを、ユキは知ってる」

啓明やいづなでさえ感じる喪失感を、あの小さな魂だけが感じないなんてわけはない。

くちびるを引き結んで顔を近づけ、額同士をそっと押しつけ合う。

「なぁ、いづな。あいつにいじり倒されて、俺が何を考えてたか、教えてやろうか」

意地の悪い嫌がらせに、いづなのきれいな顔が歪む。

啓明を危険にさらした後悔と、命夫に触れさせてしまった怒りがないまぜになった表情は、意外にも痺《しび》れがくるほど色めいていた。男を自負している啓明の心さえ、ぐらりと揺れる。

どちらが、より強い男なのかという問題じゃなかった。

啓明の中にはすでに、いづなに対する想いがある。それはもう男だとか女だとか、そういう壁を越えてしまっていた。そもそも、目のまえにいるのは『神』だ。

でも、人の心は確かに持っていて、優しかったり、嫉妬《しっと》したり、怒ったり、欲望を酒のせいにしようとしたりする。

矛盾していて、押しが弱くて、そのくせに、自分の中の筋だけは頑強に守ろうとする男だ。

「……おまえのことだけだ」

啓明ははっきりと言った。

嫌悪に苛《さいな》まれた時間の中でも理性的でいられたのは、頭の中にいづながいたからだ。

離れていても、守られていた。身体がどうなっていたとしても、心だけはきっと壊れなかっただろう。

「男に惚れるなんて、冗談じゃねぇよ。けど……、まぁ、いっか、ってさ……思ってる」

見つめてくるいづなの瞳に、鋭さが宿る。ぞくっとした啓明の背中に指が這い、首筋をくちびるでなぞられた。くすぐったさとは違う痺れに驚いてのけぞると、そのまま布団へ押し倒される。

「……っ。ん……ちょ、っと」

待て、と言う前にくちびるが塞がれる。

まさぐるようなキスの後を指にくすぐられ、我慢しようとするたびに腰が焦れた。

立ち上がった場所に絡まった指が、根元から先端までをゆったりと撫でるように扱く。

「……う、……っん……」

気持ちのよさにぶるっと震え、啓明は顔を逸らした。

「よくないのか」

心配そうないづなの指に引き戻され、覗き込んでくる目をきつく睨み返す。

「聞くなよ！　よくなかったら、こんな……なるかよ。……ばッ、ばっかじゃねぇーの！」

叫んだ声がみっともなくひっくり返るのも、いづなの手のせいだ。こすり上げられ、募るせつなさに息が乱れる。

「……話してる、ときぐらい、……離せッ」

「ダメだ。そなたのここは、気持ちがいい」

「あっ……ぅ……」

亀頭《きとう》を手のひらで撫で回され、ぬるぬるとぬめりが広がる。

腰が浮きそうになるぐらいの快感が芽生え、啓明は片方の腕で顔を覆った。

必死で声をこらえても、息を継ぐ瞬間に喘ぎが洩れ、自分の声とは思えない甘さに恥ずかしくなる。

「あ、あっ……ん」

誰としても、こんな声を出したことはなかった。甘くかすれて震える喘ぎは、心の底から感じている証拠だ。

愛撫の優しさに見え隠れする、いづなの欲求の強さに、啓明は喉をひくりと震わせた。

「見るな……」

枕元に置かれた一対の明かりが揺れる。

啓明のそばに足を崩して座るいづなが、ふっと静かに笑った。そんなたわいもない仕草さえ男らしい色気に満ちていて、啓明はぎりぎりと眉根を引き絞った。そうしていないと、うっかりときめいてしまいそうになる。

「男の身体なんか、見るなよ……ヘンタイ」

啓明の身体を眺めるいづなの目が細くなり、柔らかな笑みが顔中に広がる。

「他の者にとって価値がないなら、喜ばしい限りだ。そなたの良さは、私だけがわかっていればよい。そうだろう、啓明」

「知るか！」

怒鳴り返した頬が熱くなり、啓明は重ねて、最低だとつぶやいた。

細いだけで鍛えていない啓明の身体に比べ、いづなの身体は全体的に筋肉が厚く引き締まっている。服を着ていてはわからないソフトマッチョだ。

長い髪は後ろでひとつに結ばれ、先端が肩に流れていた。こういう男とベッドにあがる日が来るとは、夢にも思わなかった。この期に及んで、にっちもさっちもいかないほど感じている下半身が恨めしい。

言い訳を重ねても、理由をつけても、男に身体を差し出す現実は残酷なものだ。

「そこっ……バカ！　やめ、ろ……ッ」

いづなのくちびるに胸を吸われ、啓明は大きく身体を弾ませた。足の先からぞわわっと立ったさざ波が脳天を突き抜け、ぶるっと震える。

その反応が過ぎ去るのを待ち、いづなはころっと乳首を転がした。舌の柔らかな感触が頼りない快感に変わり、啓明は身を揉んだ。

握られている下半身が反応した。ひくっと揺れて膨張する。

「やめっ、やめろよ！　感じない、感じないからっ。吸うな、嫌だ。吸うなって！」

いづなの頭を手のひらで押しやり、身をよじる。

くちびるが離れ、唾液に濡れた乳首が見えた。ぷくっと膨らんだ小さな突起は、視覚的にいやらしすぎる。

「うわっ……」

啓明は小さく叫んで視線を逸らした。心臓がバクバクと派手に鳴り響き、いづなの指に乳首を摘まれる。

こりこりっとこねられ、

「ふっ、ぅ……ッ」

肩をすくめてやり過ごす。ざわりと心が乱れ、腰にずんっと衝撃が走る。

「感じないか？　本当に？」

意地の悪い声に煽られ、啓明は睨むのも忘れて腰を揺すった。

「もっ……あ、はっ……んっ。やめっ……」

胸をこね回されているだけなのに、息が激しく乱れ、刺激を欲しがる腰が動く。

「嫌がってもやめない。こんなに感じているのを目の当たりにして、やめられると思うのか」

「……ふざけん、なっ。さっさと入れろよ。シルシ、つけんだろ！」

身体が焦れてたまらず、啓明は喚《わめ》くように叫んだ。

「啓明。そなたが愛しくてたまらない。この初夜を、思い出深いものにしたい……」

「初夜とか、言うなッ！」

「今夜、そなたを私の妻にする。その喜びと同等の悦びを、この身体に刻みたい」

舌が、ざりっと乳首を舐めた。

「……ふっ、ぅ……ッ」

生まれ出てくる快感から逃れたくて肩をすくめると、下半身を包むいづなの手が動き始めた。ゆっくりと手筒が上下して、ソフトな締めつけで扱かれる。

「……ぅ、んっ……んっ」

「味気ない情交など欲しいとは思わない。だから、心が通うのを待ちたかったんだ。わかるだろう。啓明」

いづなは、ことあるごとに同意を求めてくる。

快感に翻弄《ほんろう》されそうになるのをこらえながら、啓明は目を見開いて相手を睨んだ。

きれいな顔に浮かんでいるのは、あからさまな欲情だった。

せつないほど獰猛《どうもう》なオスの欲求を、かろうじて抑え込んでいるのが、顔つきの鋭さから見て取れた。

本能的に怖いと思う。すると、握られた啓明の下半身から力が抜ける。

「啓明……。拒まないでくれ」

言われた意味が、初めはわからなかった。

でも、見つめ合ういづなの瞳に不安が揺れ、キスすることにさえ躊躇していると悟ったとき、啓明の心の中で何かが弾けた。

「神さまのくせに」

思ったことが口から出てしまい、啓明は顔を歪めて笑う。

啓明の不安や戸惑《とまど》いを押し流すことぐらい、いづなには簡単なことだ。山の社で酒のせいにしたように、優しさを装いながら強引に貪ることもできる。

なのにしないのは、これが最初で最後のセックスじゃないからだ。少なくとも、いづなはそうであって欲しいと願っている。

「……初めから、アンアン言えるか……よ」

啓明を見つめるいづなの目は、そうして欲しいと雄弁に語っていたが、さすがに受け入れられない。

「俺にも、恥じらいってものが……」

「かわいいことを……。こらえようがなくなってしまう」

「は?」

眉をひそめる啓明の両膝を開き、その間に移動したいづなが静かに大きく息を吸い込んだ。

「強がってもだめだ。我を失うぐらい、感じさせてみせる」

足の付け根に指が這う。制止の声を上げようとした啓明よりも早く、いづなの指がすぼまりを突いた。

「あ、ぅ……っ」

想像以上に深く入ったのは、垂れた先走りが伝っていたせいだ。指はぐるりと内壁をなぞり、締めつけを確かめるように動いた。

「あ……。ん……、はっ……ッ」

自分で触れたことのない場所を他人に探られるのはいい気がしない。命夫にされたとき以上の抵抗を心に感じ、啓明は身をよじった。

「触られることが？　それとも、私が？」

聞かれて固まった。その間も指はゆらゆらと揺れ、内壁を引っ掻かれるたび、啓明の心の中も掻き乱される。

「……入って、くる」

小さな声でつぶやいた。

「え？」

頭を上げたいづなの顔がきれいで、息をするのも嫌になる。

いつまでも見ていたいような整った顔立ちに憂いが見えると、腹の奥がふつふつと気持ち悪くなり、啓明はどうしてやろうかと考えてしまう。

また、言い訳を考えている自分がそこにいた。

好きになる理由。

抱かれる理由。

感じてしまう理由。

感じているところを、見せる理由。

そんなことをいちいち並べ立てて、何を安心しようとしているのか。

最後の最後に問い詰める。その相手は自分自身だ。

「……入れろ」

「ならぬ」

「なんで。いいじゃん。俺がいいって、言ってるだろ」

「……まだ」

微笑んだいづなは、その優しげな表情とは裏腹な動きで指を抜き差しした。入り口を広げる動きはなまめかしく、啓明はいっそう恥ずかしくなる。

いづなのようなきれいな顔立ちの男がするには、露骨なほどいやらしい動きだ。ぐちゅぐちゅと水音が聞こえ、啓明の息も弾む。

もう片方の手に性器をこすられ、吐息と声が淫《みだ》らに混じり合う。

「う、……ふっ……あぁっ」

啓明の言葉が、いづなのやる気に火をつけたのは明白だった。さっきとは違う、遠慮のない動きが内壁を刺激する。

目の前に小さな光がピカピカとまたたくような快感に、啓明は布団の上をずり上がった。

「あ、く……ぅ……んっ」

腰が激しく震える一点を見つけ出されると、そこをしつこくこすられ、啓明はたまらずにのけぞった。

「あぁっ！　ぁ、やっ……う……！」

自分があられもない声をあげていることはわかっているのに、もうそれを恥ずかしいと思う暇もない。

後ろの奥と、前の屹立《きつりつ》とを同時に責められ、息をするだけで精いっぱいになる。背中が震え、足が布団を何度も蹴る。

「……いづな……っ。いく、いきそ……っ」

肩で息を繰り返し、ひくつく腰を揺らした。握り込んでいるいづなはわかっているはずだ。啓明の分身は、いまにも弾けそうに張り詰め、先端からぬめりをこぼしている。

「あっ、それっ……やっ！」

先端をぐりぐりと指で刺激され、思わず腰を引く。

「もっ、……がまん……無理っ……」

小刻みに震える腰を自分からくねらせてしまう。

そのとき、先端に何かがねっとりと絡みついた。熱くて柔らかい壁に包まれ、挿入の刺激に啓明は目を見開いた。

いづなのくちびるを押し開き、先端が舌の柔らかさを求めて進む。

「……うっ……ぁ……あぁっ」

腰が浮き上がると、後孔をいじるいづなの指がいたずらに内壁を掻いた。

「くっ……ぅあっ……あああっ！」

一点を集中的に刺激され、精液が押し出されるように飛び出していく。

頭を振るいづなの動きが啓明の性器をなおも扱き立て、始まった射精はいっそう勢いづいた。昂ぶりの中心を突き抜ける快感が啓明の腰を収縮させ、いづなの指を強く食む。

啓明は乱れた息を繰り返しながら、最後の最後まで絞り出そうとしているいづなの額を押しやった。

「指っ……抜いてっ」

うごめく内壁をなだめるような指使いさえいやらしく、頼む声はかすれ、せつない哀願の響きを持つ。

啓明はぞくっと背筋を震わせた。自分の声だ。わかっている。

でも、女みたいだとは思わなかった。

快感に乱れきった男の声が、こんなに甘くかすれると初めて知る。

「濃厚だ……」

顔を上げたいづながこぼした一言に逆上して、思わず頬をぶった。わなわなと腕が震える。

射精の後の虚無感と羞恥と未知の感覚への戸惑いがいっしょくたに入り混じり、何がなんだかわからない。

「……命夫のやつは、甘露を味わい損ねたな。愚かだ」

手が捕まえられ、指の一本一本を舐めしゃぶられる。

「いづな……」

じんわりとした気持ちよさが生まれ、啓明はされるがままに手を与えた。

豊かなまつ毛にふちどられたまぶたを伏せるいづなは、頬をぶたれたことなど気にもかけず、指を吸い上げるごとに熱っぽい息を吐き出す。

普段なら逃げ出したくなるような官能の真っただ中に投げ出され、啓明は逃げ出さない自分を他人事のように受け止める。

こんなこと、こっ恥ずかしい。

そう思うのに、逃げる気にはならなかった。

片手の指をすべて味わったいづなが静かに微笑み、取り込まれた啓明は求められるままにキスを受ける。舌がくちびるを舐め、歯列を割って口腔《こうこう》内をなぶった。

優しい動きの中に、焦燥の、激しい昂ぶりが潜んでいて、舌を絡め合う頃には、どちらともなく息を乱している。いづなの手が啓明の髪を軽く摑み、啓明もいづなの肩に爪《つめ》を立てた。

互いの存在を求め、指や舌で確かめる。汗ばんだ啓明の身体の上を、肉付きの逞《たくま》しいい
づなの胸がなぞって動く。

キスがうなじから背中に伝い、身体を返されて従った。

寝そべった啓明の身体の上を、いづなの舌が伝う。

「んっ……」

いづなが腰を摑んだ。引き起こされながら、啓明は上半身を投げ出し、額を柔らかな布
団に押し当てる。

「……はっ、ぅ……ん」

抵抗はもうしなかった。尻の肉を左右に広げられ、尖《とが》った舌先がほぐされた場所に這う。

「……あっ、は……ぁ」

嫌と言いかけた声がくぐもり、啓明は布団を摑んだ。

舌を受け入れた身体がびりっと痺れ、喉が震える。目をぎゅっと閉じ、じわじわと生ま
れてくるせつなさに奥歯を嚙んだ。

「啓明」

呼びかけと一緒に指が何本か入れられ、啓明は浅い息を吐く。

「いまから、シルシをつける。そなたの身の奥に」

腰が摑まれ、指が入り口を開く。そこに、熱があてがわれた。ぐっと体重がかかって、啓明は思わず逃げる。

命夫が押し入ろうとしてきたときに感じた痛みへの恐怖が蘇り、ほぐされた身体が一気に硬くなる。

「……っ」

喉で息が詰まった。

「啓明……。すまぬ」

察しているいづなが、静かに謝った。

これまで聞いた中で一番せつない声は、止めようのない欲求にまみれ、恐怖におののく啓明の心の中を撫でさする。

「……痛くはせぬ。そっと入れるから、息を吐きなさい」

言われるままに細く息を吐く。すると、指に開かれた入り口に、思いもかけず細いものが差し込まれた。指一本ほどの太さに驚いている間に、それが形を変える。

「……いづな?」

何が起こったのかわからずに、四つ這いになったまま、啓明は足の方へ視線を向けた。いづなの足が見える。

でも、それだけだ。肝心なところは何も見えない。

「うそ、だろっ……」

思わず声を上げたのは、差し込まれた何かが、一差しごとに太く長くなっていくせいだ。疑いようもなく、それがいづなの性器だった。

「どういうこと……んっ……」

つぷんと抜けたとき、啓明にも垣間見《かいまみ》える。いづなの腰に、ぬらりと濡れたものがあった。

「あっ、……あっ」

さっきまでとは比べものにならない存在感が、狭い入り口をこすり、内壁をえぐりながら奥へと突き進む。

「ああっ……」

声がこらえられなかった。指でいじられるのとはまるで違い、動かれるたびに硬い先端の刺激が下腹へ響く。

「あ、あっ……うそっ……もっ、だめっ……」

「まだ早い」

子供をあやすように優しげな声で言ったいづなが、ぐいっと腰を突き出す。

「あ、あんっ！」

指では届かなかった場所を突かれ、啓明はのけぞった。

「でかっ……いの、むりっ……！」

ずるりと引かれ、抜ける寸前で止まる。そして再び突かれるとき、いづなはまた一回り成長している。

「ひ、ぁ……っ、ん、はぁっ……」

内側から広げられる感覚に苦しさが生まれ、啓明は激しく髪を振り乱す。呼吸に合わせるように動いたいづなが、ひときわ強く腰を突き出した。

「んんっ！　あ、あぁっ……」

電流に似た何かが背中を突き抜け、啓明は身を震わせながら突っ伏した。腰だけが高く抱き上げられ、なおも貫かれる。

ずんずんとリズミカルに突かれ、啓明の理性にひびが入っていく。

「あっ……や、だっ」

声を出すと、下腹に力が入り、いづなの動きと共鳴するように快感が深くなる。

　頭の中が真っ白になって、理性がぱらりと剝落《はくらく》した。

　止めようがない。でも、止める気もなかった。

「あぁっ、あっ、あっ。……ん、きもち、い……ぃ」

　布団に縋り、頰を押し当てる。耳を澄ますと、いづなの乱れる息づかいが聞こえ、それに合わせて動く屹立が、いやらしく啓明の柔らかさをかき混ぜる。

「……おと、……やらし……っ」

　いづなが動くたびに、じゅぷじゅぷと水音が響く。

　いづなの手が尻たぶを強く摑んだ。揉むように動かされ、じわりと快感が募る。

「啓明のここが、濡れてるからだ……」

「深々と受け入れて……。そなたの中は、狭くて熱い……」

　感じ入ったように息をつき、いづなはぴったりと肌を合わせた。

「んっ、ふぁっ……ッ」

　奥を突かれ、啓明の背中がしなる。

「深いのっ、……やぁ……あ、あっ」

　怖いほど深く貫かれた。みっちりと入った肉芯は、啓明の襞を押し拡《ひろ》げ、想像もしない場所を突く。

　はぁはぁと浅い息を繰り返し、啓明は苦しさの中から芽生える快感を貪った。頭がぼんやりとして、揺さぶられる動きに呼吸を合わせることさえも難しくなる。

　それでも、汗を滴らせて身悶え、もっとと思う。自分の欲深さが恐ろしくなったが、それも一瞬だけのことだ。

「んっ、く……」

　間断なく突かれる快感が積み上がり、

「も、……くるしっ」

　激しく揺すられて、息もままならない。

「啓明……」

　いづなの声に焦りが浮かび、腰をいっそう強く引き寄せられた。力強い男の指が腰に食い込み、激しい動きに翻弄された啓明は、先端が何度も押し当たる一点に熱を感じた。

「あっ、あっ、あぁっ！」

　啓明の声が刻まれ、息を詰めたいづながぶるっと震える。深々と突き刺さる性器が跳ね、じわっと何かが弾けた。

「は……んっ……！」

最奥で迸《ほとばし》りを受けた啓明の身体は、強烈な感覚にさらされ、びくびくっと背筋が震える。

どこが発火点かはわからなかった。でも、柔らかな内壁が震え、身体が激しく痙攣《けいれん》する。

ぐったりとした身体を布団へ沈ませると、繋がったままで仰向けにひっくり返された。

「……っ」

こんな状態で続けてするのは無理だと、伸ばした手に指が絡む。

「啓明……、最高だ」

悦に入ったいづなの目はとろりと甘く、うかつにも煽られて腰が疼いた。

「むり……っ、むり……っ」

嫌々をするように全身を左右に振ったが、いづなは聞く耳を持たない。優しく微笑むと、啓明の手を布団の上に押しつけ、

「顔が見たい……」

そんなことを言いながら腰を動かし始める。

確かに射精したはずなのに、啓明の身体に収まったままのものはまったく萎えていない。

「んで……、おっきぃ……」

恨みがましく睨んだ啓明を見たいづなが不意に止まった。

「信じらんねぇ」

愕然《がくぜん》とした啓明の声が震え、片頬を引きつらせて苦笑する。

「いや、これが限界だ……」

ズドンと質量を増したいづなが、ゆっくりと、大きく腰を動かす。

「あ、やっ……うご、くな。や、やだっ……」

ジタバタしても無駄だった。摑んだ啓明の足を肩に担いだいづなが、ゆっくりと、大きく腰を動かす。

ずるりと抜けたものが、ずくっと差し込まれる。

「はぅっ……ううっ、ん……」

身体がびりびりと痺れ、啓明は自分の髪を鷲摑む。

「う、ふっ……あぁっ……」

頭がおかしくなりそうなほど気持ちがいい。

ゆっくりとした動きは、バックで突かれる激しさとは別の快感を引き出していた。髪を搔き乱した啓明は、大きく息を吸い込んだ。

「あぁっ……あ、あっ……」

しどけなくのけぞって快感を貪る。その顔をいづなが眺めていると気づき、軽く睨んだ。

「うっ……」

意表を突かれたのか、いづなが小さく呻く。

その男っぽい息づかいに、啓明はさらに興奮を覚えた。

確かに、目の前の男を欲情させているのは自分だ。

きれいな顔の、きれいな身体の、完璧《かんぺき》な神さまが、どうしようもなく追い詰められた表情で腰を振っている。

「たまんねぇ……」

つぶやいて手を伸ばすと、肩から啓明の足を下ろしたいづなの手が返る。握られて引き寄せる。

どちらからともなくキスをして、鼻先をこすり合わせた。

「気持ちよさそ……」

啓明が笑うと、いづなはわずかにはにかんだ。それが魅力的で、たまらずに頰を両手で包む。

「俺も、気持ちいい。……おまえが、神さまだからじゃないかもな。……好きだ。すごく、好きだ」

自然と言葉が溢れ、啓明は鼻をすすった。

足を広げ、何もかもをさらけ出した姿でいても、相手がいづなならなんでもいい。これが雪風巻のための行為であっても、そうでなくても、いづなを抱きしめてせつなくさせるのが自分なら、それだけでいい。

微笑んだいづなの顔が歪み、目元が赤く染まった。じわりと瞳が潤む。

「……啓明。……我が君。我が、妻よ……」

ささやきと同時に、さざなみのように肌が粟立《あわだ》つ。

啓明は背中を反らし、湧き上がる快感を全身で受け止める。

それは髪の先まで痺れるほどに、狂おしい。

「もっと、来い……」

背中に腕を回し、いづなを引き寄せる。

ほどけた髪が肩から落ちて、ふたりの両脇に垂れ下った。絹糸のような髪に指を絡め、啓明は静かにくちびるを寄せる。

突き上げられ、目を細めた。

「啓明……っ。啓明……」

せつなく呼ばれ、せつなく呼び返した。

「いづな……」

そのたびに息が乱れ、そのたびに快感が増す。

身体に何かが刻まれていくのが、啓明にはわかった。切っ先が柔らかな奥を穿《うが》ち、奪われることの痛みが、補われる悦《よろこ》びへとすり替わる。

目の前が涙でかすみ、恥ずかしげもなく甘い声を洩らす。

「あ、あんっ……あ、あっ」

いづなの髪を指に絡めたまま、啓明は拳をくちびるに押し当てる。そうしなければ、跳ねる腰が押さえられない。

恥ずかしさからではなく、強い快感のために身をよじり、喘ぎを噛み殺してさらに感じる。

腰が震え、汗がじっとりと肌を濡らす。

「いく……。いくっ……」

いづなの引き締まった下腹部にこすられた性器はすでに勃起《ぼっき》して、先端から溢れたぬめりが糸を引く。

「いづなっ……いくっ」

応《こた》えた手が啓明の性器を包み、いづなの動きが速くなる。

「あーっ、あっ、あっ……ああっ！」

快感が爆発する直前に抱き寄せられ、深く口づけられた。声が奪われ、縮こまった足先が布団の上を滑る。

強いうねりの中で、啓明は抱きしめられたまま激しく跳ねた。

呼吸の仕方も忘れそうな激流が過ぎ、やっと、頼りなく息を吸い込む。

「なに、これ……」

まだブルブル震える指先を見つめた啓明は、癖になりそうな爽快感《そうかい》が一番怖いと確信した。

こんなに気持ちのいいセックスは経験したことがない。身体だけじゃなく、心の奥まで満たされ、目が覚めるほどに心地がいい。

そして、いづなのそれが少しも萎えていないことに、ようやく気がつく。

「……やっぱり、か」

静かに息を吐き、ぐったりと目を閉じた。

「啓明。……もう一度」

囁《ささや》きが耳元で溶ける。

「無理だ、無理だ……ぁ……死ぬ……」

拒む手にも力が入らず、文句も嘆きも、すべてがくちびるに奪われた。

＊＊＊

どれぐらい求められたのか、覚えていない。

ぼんやりと目を開き、かすむ景色を見つめた啓明は、重だるい身体をゆっくりと動かした。何をする気にもならないほどの倦怠感《けんたい》に包まれ、疲労した身体がぎしぎし軋む。

「好き放題、やりやがって……」

舌打ちしながら、眉をひそめた。

どこにも傷はついていない。あの太いイチモツを捻じ込まれた場所も壊れたりはしていなかった。

でも、かすかに、じんじんとした痺れが残っている。

意識すると、いづなの指を思い出してしまう。それから、顔に似合わないほどねちっこくていやらしい腰つきもだ。

あの整いすぎた顔に欲情がギラつくと、目元が急に艶《なま》めかしくなる。ぶるっと震えた啓明は、たまらず股間に手をやった。

いじり倒され、もう一滴も出ないほど絞られた場所が、性懲りもなく芽吹いている。

「バカじゃねぇの……」

淡いブルーの浴衣《ゆかた》に着せ替えられ、布団は庭に面した部屋に敷かれていた。身体もきれいに拭われ、汗のべとつきさえ感じない。

一見、何事もないように思えた。

朝の静かな風が吹き込み、いつのまにか一晩が過ぎたのだと知る。一人きりで目覚めるとは思わなかったが、精も根も尽き果てた後で、腕枕をされたことは覚えていた。うとうとと眠る啓明の髪を撫で、いづなは歌うような声で話をしていた。

その内容を思い出し、啓明はがばりと起き上がる。口にするのも恥ずかしいようなことを、あの男は並べ立てていた。

それは愛の言葉であり、セックスの感想であり……。

「う、わっー。やめてくれぇー」

黙って聞いていた自分の胸元を摑んで揺さぶり起こしたい気分になる。

「啓明。起きているのか」

赤くなったり青くなったり、忙しく表情を変えていた啓明は、いきなり部屋を覗き込んできた男の声に小さく飛び上がった。

腰に響いて、顔を伏せる。

「無理をするな」

近づいてきたいづなに肩を支えられ、薄手の着物を鷲摑んだ。

「……無理をさせたヤツが言うな」

「そうだな。申し訳ない」

「謝ってるくせに、何をニヤニヤして……くっそ」

近づいてくる顔にキスを求められ、視線を逸らしながら許した。

庭には、キラキラと日が差していた。雨でも降ったかのように木々がみずみずしい。

「ちょっ……、いづなっ！」

叫んで顔を押しのけた。濡れ縁の柱に、小さな人影が隠れている気がした。

「……ヌシさまぁ。もういいべかぁ」

両手で顔を隠した雪風巻がひょっこりと頭を出す。

いいと言うまで顔を隠しているように言われているのだろう。律儀に盗み見もしない。

「ユキ！」

啓明が声を上げ、いづなが入室の許可を出す。

「啓明ぃ！」

小さな足が、たたたっと板の間を駆けた。啓明が開いた両手の中に、弾む毬《まり》のような勢いで軽やかに飛び込んでくる。

　抱き留めると、ずっしり重く、腕を回した身体は子供の細さだった。しっぽが激しく左右に揺れる。

「もういいのか？」

「はいなぁ。ヌシさまが結び直してくれたで、大丈夫じゃ」

　甲高い子供の声は元気いっぱい、部屋に響く。

　啓明の背中を支えているいづなが、雪風巻のキツネ耳ごと頭を撫でた。上目使いに主人を見ると、しっぽがまた揺れる。

「啓明。ヌシさまのアカボシになったべなぁ」

「え？」

　いきなり切り込まれ、啓明は言葉を失った。答えはイエスだが、はっきりと口にするのはためらわれる。

「啓明の胸ン中から、ヌシさまと同じ鼓の音がしてる！」

　啓明の胸に顔を近づけた雪風巻が、溢れんばかりの笑顔を見せた。屈託のないあどけなさに毒気を抜かれ、啓明は軽いため息と一緒にいづなを振り返る。

　目が合うと、どちらからともなく、穏やかな笑みが生まれてきた。ふっと胸が温かくなり、風が吹き込む隙間さえない気がする。

「ヌシさまがな、啓明のためにあっちの世界で暮らすとおっしゃってるんだべ」

「そうなのか？」

「そうしようと思う」

いづながうなずく。

「今後のことを一息に話しても、混乱するだけだろう。向こうの世界で暮らしながら考えても困りはしない」

確かに問題は山積みだ。神さまと人間では、寿命も違う。

「心配するな、啓明。寿命を終えてから、こちらの世界へ来ることもできる。すべては私と、そなたとの問題だ」

「……あ、そう……」

そっけなく答えて、啓明は顔を背けた。

「あれれ、啓明の顔が真っ赤だべ」

「見るな、バカ」

子供の目を手のひらで覆い隠し、もう片方の手で自分の頬をパチパチ叩く。

セックスの最中の甘い囁きが耳に蘇る。我が君、我が妻。愛しい人。いづなは何度も返した。

「おやおや。まるで仲のいい家族のようやないか」

笑い声とともに現れた宇賀神が、するりと部屋に入ってきて、啓明はまだ火照《ほて》る頬を持て余しながら頭を下げた。

「日が暮れる前に、『刻限合わせ《ときあわせ》』を行うつもりや。そなたの帰るべき時間が、すぐに紡げるとよいが……。運次第やな。運が良ければ、幾月かの差で済む。思いのほか、いづなの回復が大きいゆえ、うまく行くやろう」

ぬるりとした瞳が細められ、妻迎えの一部始終を盗み見られるような居心地の悪さに啓明は肩をすくめた。

「いろいろとお世話になりました」

「まぁ、序の口や。これから、長い付き合いになる。どうぞ、よろしゅうに」

宇賀神から頭を下げられる。

「これで、あのボンクラ若様も少しは懲りるやろう。なんせ、ユウヅツにできんかったのは、今回が初めてや。肝心なことに気づいて、自分のユウヅツを真剣に探してくれるとええんやけどなぁ」

重いため息をつき、扇を開いて口元を隠す。

「あの男が素直に引くやろうかなぁ」

不穏な一言に、啓明はぎょっとする。その肩を、いづながそっとなだめるように撫でた。

啓明の足の間にちょこんと座った雪風巻はしきりと自分のしっぽを確かめ、

「ワッチのしっぽ、ちゃんと消えるべか……？」

うぅんと、子供っぽく頭をひねる。

「精進することやな」

優しく答えた宇賀神が、木扇をパチンと鳴らして畳んだ。

【6】

春風がのどかに桜を散らして吹き抜け、啓明は隣に立ついづなを振り返った。

視線がばちりと合い、肩をすくめて顔を背ける。

「私のことは気にせず、騒いできてはどうだ？」

地味な色の袴をつけたいづなに促され、その腕を軽く振り払う。

「いいんだよ、もう。一通り写真は撮ったし。……っていうか、騒ぎすぎだろ」

神社の境内に集まった若者たちは、男女入り乱れ、けたたましく笑い合いながら新郎新婦を取り囲んでいる。

写真を撮ったり、友人同士を引き合わせたり、いきなりバンザイを三唱してみたり。

ついさっきまでは、スーツ姿の啓明もその中に入っていた。

またどこからともなくバンザイが聞こえ、輪の中心では紋付姿の雄二が両腕を突き上げて笑っている。

行方不明になっていた雄二は、啓明のバイクのそばに倒れているのを発見されたらしい。

代わりに啓明がいなくなり、警察が動くほどの騒ぎになったのだと、意識を取り戻した後で聞いた。

啓明の身体が見つかったのは年の暮れのことだ。息はしているが目の覚めない状態だったらしく、「失踪《しっそう》していたが、自殺のために山へ入った」という結論で警察は片をつけ、医者は脳死の診断を出した。

パニックになった両親はあきらめる素振りを見せ、それを聞きつけた祖父が激怒していたと雄二が言った。

啓明の身体は痩《や》せもせず、自発呼吸もしていたのだ。

それを見限るなんてと、祖父は怒り狂い、啓明の父親に摑みかかるのを止めた雄二が代わりに二発ばかり食らったらしい。

そもそも、啓明が発見されたきっかけが問題だった。

祖父の信仰する『妙見』が祖父自身の枕元に立ったなんて、両親には信じがたかったのだろう。

幼い頃から、霊現象だ霊障だと妄想まがいのことを発言し、思春期を過ぎて言いださなくなった代わりに、不良の道へ転げ落ちていった不肖の息子だ。

意識を取り戻してから初めて聞いた話では、昔から、啓明を預かりたいと言うおかしな男女が繰り返し現れ、そのたびに祖母が追い返していたらしい。両親が子供に対して無気力になるのもしかたがない話だった。

祖母の死後、祖父と距離を取っていた両親は、啓明が職を探していると聞いて久しぶりに連絡を取ったのだ。その決断が彼らの行動の中で最善だったと、すべてを見透かしているいづなは言った。

妙見を信仰する祖父との関係が、啓明を支えていたからだ。

すでに保護された啓明の身体に魂を戻すとき、いづなは祖父に協力を依頼し、祖父は疑問も抱かずに二つ返事で手伝った。その結果、いづなは妙に祖父と仲がいい。

「気になってたんだけど、じいちゃんになんて言って近づいたんだよ」

この二か月間、啓明はリハビリに明け暮れた。脳と身体の回線がうまく繋がっていない感じで、いづなからはあっちの世界の暮らしに慣れてきていたからだと言われた。

重力のすさまじさを思い知るような一か月間が過ぎ、いまはもう以前と変わらない。

「……わかるものだよ。何も言わなくても」

啓明の質問に、いづなは微笑んだ。いつもうまく誤魔化される。

目が覚めたときにはすでに、いづなは『特別な友人』という枠に収まっていて、退院後に暮らすための家も整っていた。もちろんいづなと一緒に、だ。

たぶん、目を覚ました啓明を抱きしめた母親が、泣きながら言った一言がすべてだろう。

『啓明が楽に生きられるなら、人さまに迷惑かけないなら、いいのよ。誰と一緒にいても』

そう言われた。

その隣に立つ父親は、寡黙に相づちを打つばかりだったが、一週間ぐらい前に電話をかけてきて、

『おまえにはもったいないぐらいの美人だ。大事にしろよ』

と、言いだした。美人も何も男だと言い返すと、

『もう気にしないことにした』

と、朗らかに一言。いまのいままで気にしてたのかよと、心の中で笑った直後、回線の切れた電話を摑んだまま啓明は脱力した。

人が眠っているのをいいことに、いづなはちゃっかり自分の居場所を都合良く構築していたのだ。

「俺はわかんないっつーの。なんだよ、はっきりしねぇな」

睨みつけて、これ見よがしなため息を吐く。どっちが女役なのかをはっきりしないでおいてくれたのが優しさなら、それには感謝したい。

こんな美人に組み敷かれてるなんて親に知られたら、いい歳《とし》して暴走族に逆戻りしたく

なる。

「……父上はご養子だそうだ」

「え？」

いきなり始まる話にのけぞった。なんの前置きもなく、話が重い。

「自分たちも子宝に恵まれなかった祖父母が妙見に願った結果、そなたが生まれた。……ただし、大変な子供だという前置き付きなのを承知で、ふたりは引き受けたんだ」

「なんだよ、それ……」

「神秘だな」

微笑んだいづなが目を細める。啓明の中に、意味の違う『神秘』を探そうとする視線から逃れ、

「エロい目で見るな」

と睨みつけた。

「どうして？」

「うっせぇよ」

悪態をついたが、答えは簡単だ。首から耳までが熱くなり、自分の肌が赤くなっているとわかる。

「だからといって、そなたの『神秘』に惹《ひ》かれたわけじゃない」

「だから、うっさい、っての！　近寄るな」

「啓明……」

腰に手が伸びてきて、慌てて飛び退《すさ》る。

「匂いだろ。俺が何かをぷんぷんさせてんだろ！」

「愛《う》いなぁ、啓明」

甘い視線に見つめられ、背中にぞくぞくっと痺れが走る。

「そんなものはきっかけに過ぎない。そうだろう？　そなたの心根が美しいゆえ、触れたくてたまらなくなる……」

「うわ、わわっ。やめろよ、おまえ。ただでさえ、女連中から見られてんのに。やーめーろー」

近づこうとする肩を両手で押し留《とど》める。

「キスぐらい、よいだろう？」

啓明の世界に来てから、いづなは余計なことをたくさん覚えた。本当は、向こうの世界にいたときから、キスひとつで啓明の中の知識を得ていたらしいが、それ以上にいろいろ覚えた。

日銭を稼ぐためにと始めた占い師の仕事に必要だったのかもしれないが、絶対に必要ないこともたくさんある。

「よいわけあるか！　常識も覚えろ」

なんてことを口にする日が来るとは思わなかった。

暴走族上がりの自分が、人の道や道徳を説くなんて。しかも相手は立派な神さまだ。

「その目で見るなよ。こっちだって、我慢してんだから」

口にしてからハッとする。いづなの顔が嬉しそうに微笑んだ。

「そうか」

「……そうだ」

啓明は唸って答えた。

「では、今夜もたっぷりと、ザーメンを絞ってやろう」

「おまっ……。そんな顔して、……バカだろ」

ため息しかない。

そこにいるだけで女たちが色めき立つほどの美形のくせに、あっさりととんでもない淫《いん》語《ご》を口にする。昼間はまだしも夜はもっとひどい。

耳元で囁かれて、身悶えてしまう自分はもっと始末に負えない。そう思って、啓明は自分に対してもため息をつく。

「夜……、夜にな」

いづなとのセックスは相変わらず良すぎて、断る理由がどこにも見つからなかった。

「こんなところにいたのかよ、啓明」

雄二が、手を振りながら近づいてきた。

「そろそろ、移動した方がいいんじゃねぇの？　嫁さん、大丈夫か」

「体調はいいし、大丈夫だ。子供が生まれてからは、遊びにも行ってなかったから、大はしゃぎだよ」

雄二の相手のお腹の中にいた赤ん坊は、予定より早く、秋に生まれていた。小さく生まれたがどんどん大きくなって、半年経ったいまでは標準を上回っている。

啓明が意識を取り戻すまで結婚式をしないと決めていたふたりは、雄二の代わりに行方不明になったと信じていて、嫁に至ってはいまでもありがたがって、啓明相手に手を合わせようとするほどだ。子供が無事に生まれたことさえ、啓明が彫った猫のおかげだと思っているらしい。

若くて無邪気な嫁は、しっかり者の雄二に合っていた。

「ユキくんも連れてきたらよかったのに」

雄二から残念そうに言われ、啓明は肩をすくめた。

「あいつはまだ小さいから、無理だろ。迷惑かける。なぁ？」

振り返ると、いづなが物静かに微笑んだ。たくさんの人間に囲まれ、興奮のあまり耳としっぽが出てきたら一大事だ。

こっちの世界に来るとき、雪風巻の扱いをどうするかといづなに相談され、隠すのはかわいそうだと啓明は答えた。

その結果、耳としっぽを隠したいまの雪風巻は、二歳児の大きさしかない。いづなの力を使っても、管狐の潜在霊力ではそれが限界らしく、宇賀神の勧めもあってこれからは霊《れい》狐《こ》としての修業を積むことになっている。

いづながいなくても、耳としっぽを隠しておけるようにならなければいけないからだ。

あとは、いづなの力との共鳴とやらで、ゆるやかな成長も見込めるとのことだった。ただし、それも十歳ぐらいまでで、あとは極端に成長しなくなり、年は取らない。それでも、三十歳ぐらいまでなら、いつまでも童顔な美少年として生きていけると宇賀神は無責任に言った。

管狐の力は相乗効果を発揮するから、残りの二匹が見つかれば状況も変わるという話だ。その捜索はもう少し暮らしが落ち着いてからの予定になっていた。

だから、対外的にはとりあえず、いづなの弟としてある。

それでもやっぱり、雪風巻はいづなを『ヌシさま』と呼び、そのたびに啓明は子供の遊びだと説明した。呼び名を変えさせるつもりはない。

「うわぁっ！」

「すごいっ！」

写真大会を繰り広げる女たちの声がひときわ高く聞こえた。

キャッキャャッと喜び、手のひらを上に向けている。春の日差しの中から、チラチラと降り注ぐものがあった。

それは光を反射して輝き、いづなの肩にも降り落ちた。

「雪？　これ、雪だよな？」

手のひらで受け止めた雄二が声を上げて驚いた。

はなびらのように降る雪は、すぐには溶けず、人肌の上でしばらく身を留めた。そして、すっと水に戻る。

「……いづな？」

雄二の手のひらから視線を転じ、飛び跳ねて喜ぶ男女を眺めるいづなを見た。満足そうな表情に、幸せそうな微笑みが浮かんでいる。

「おーい、明神さま」

耳元にこっそり囁きかけると、やっと振り返った。

「おまえだろ？」

聞いても答えない。雲ひとつない青空を仰ぎ、

「上空は風があるんだろう。山から運ばれた積雪だ。『風花《かざはな》』と呼ぶ」

「へー。すっげぇ！　物知りですね」

雄二が目を丸くした。

「こんなとこまで運ばれてくるかよ」

小さく悪態をつき、啓明は後ろ体重で斜に構えた。

「えー、じゃー、よっぽど強い風なんだー」

棒読みで言う。

「若い夫婦への寿《ことほ》ぎだ」

「……神さま、太っ腹」

啓明が目を細めると、いづなが首を傾げた。

「なぜ、拗《す》ねる」

「なぜ、拗ねたと思う」

聞き返して、胸の前で腕を組む。

いづなはしばらく考え、

「わからぬ」

短く答える。

いづなの古風な話し方に慣れた雄二が、肩を揺すって笑った。

「なんか、夫婦みたいだな」

雄二にも、ふたりの仲は話していない。ときどき相談に乗ってもらっていた占い師ということになっている。

もちろん、啓明が占いに頼るなんて、暴走族《ゾク》仲間は誰も信じていないけれど。

「なに、言ってんだよ」

啓明は笑ってやりすごす。

「俺に男が抱けると思うか。ふざけんなー」

軽くグーパンチを繰り出すと、雄二が笑いながら片手で受け止めた。

「でもまぁ、反対なら……」

「あ?」

「優しい旦那《だんな》と、強い嫁。って感じ……」

まずいづなを、そして啓明を指差す。

「てめっ！　ふざけんなよ！」

思わず繰り出したキックが勢いよく雄二の尻に炸裂する。飛び上がった雄二はゲラゲラ笑って自分の尻を両手でさすった。

「顔はこっちの方がきれいだろ！」

ぴしっと指差すと、その手をいづなに押し下げられる。

「人を指差すのはおよしなさい」

「あ、ごめんなさい」

「雄二くんも、あまりからかわないでやってくれないか」

そう言ったいづなは、どこか冷たい。目が笑っていなかった。

「あー。すみません。でも、はっきりさせないのって、どうなのかなって、そういうことを考えるんですよね。俺は嫁とのこと、きちんと責任取ったんで」

怪しい雲行きだ。見守る啓明の目の前で、雄二は足元の砂利を静かに蹴散らした。

「男がいけるっつぅんだったら、俺だって……」

「え？」

耳を疑った啓明が前のめりになると、いづなの手がするっと伸びた。押し戻される。

「啓明は、ノンケだ」

「おまえ、また変な言葉、覚えて……」

「男もいけた、わけじゃない。口説き落とすにも、それなりの手管がいるんだ。……公にすれば彼に負担がかかるだろう。親になったのなら、あまり軽はずみなことは言わないことだね」

「いづな」

止めようとする啓明を押し留めたまま、いづなが続けた。

「啓明のことを、本当に想うのなら」

声だけは優しく、口調は辛辣《しんらつ》だ。あきらかにケンカを売られ、くちびるを引き結んだ雄二は、意外にも怒っていなかった。あごを引き、頭を下げる。

「こいつの面倒、よく見てやってください。たまに変なもの見て叫んだりするけど、怖がりだけど、いいやつだから」

「えー。やめっ、やめろよ。おまえの結婚式だろ。変だぞ。変だろうが、雄二！」

「大丈夫だ」

パニックになる啓明の肩を叩き、いづなが答える。

「私がいれば、啓明はもう何も見ない。何にも怯えない。そちらこそ、これからも良い友人でいてやってくれ」

「うわー、なに、これ。俺だけ、置いてけぼりにするなよ！」

「おまえ、もう幽霊とか見なくなったのか」

顔を上げた雄二に見つめられ、なぜか恥ずかしくなった啓明は視線をさまよわせた。

「……うん」

「よかったな！　よかった！」

雄二が満面の笑みを浮かべる。

「雄二くんが神隠しにあったからだ」

いづなの言葉に、雄二はびくっと肩を揺らした。

「そう、なんですか……」

「そうだ。結果的には、よかったんだ」

「あ、はい……。そっか……」

うつむいた雄二が拳を握る。その手が、震えた。

「泣くなよ、雄二。おまえさ、気にするなって言っただろ、俺」

「でも、でもさ……」

「なんだよ、もー。だからさー、おまえの結婚式だろ。めでたいんだよ。な？」

「啓明。男が泣けるときは多くない。泣きたいときに泣かせてやることだ」

「……って、おい、煽るなよ……」

視線でいづなから促され、啓明はそっと親友の背中をさすった。震えながら泣いているのを見ているうちに、啓明の目にも涙が浮かんでくる。

「もらい泣きするから、嫌なんだよー」

空を見上げて、涙をこらえていると、遠くから見ていた仲間たちがわらわらと駆け寄ってきた。

おめでとうとバンザイ三唱が続き、そこに啓明の生還を喜ぶ声が混じって、雄二がいっそう泣き咽《むせ》ぶ。でも、泣いているのは雄二だけじゃなかった。啓明の他にも、何人もの仲間が声を上げて泣いている。

「ばかー、おまえらぁー。俺のことはいいっていってんだろ。今日は雄二の祝いだぞ。泣くなぁ！　俺は生きてんだぞ！　泣くなよー」

片っ端から肩を摑み、抱き合って泣いた。

何の祝いなのか、もうわからない。だけど、雄二は戻り、命は生まれ、啓明はここにいる。

男どもの輪を取り囲み、化粧が剝がれないように泣いている女たちの中で、新婦だけが何も気にせず号泣していた。

風花は静かに降り続け、静かに桜の花びらも舞う。

いづなは、そんな風景を微笑んで眺めていた。


「いい結婚式だったな」

駅から家に帰る、夕暮れの道をたどりながら、いづなが思い出し笑いをする。

「本当かよ」

結婚式の後の披露宴で浴びるほどの酒を飲んだ啓明は、千鳥足でふらつき、隣を歩くいづなの肩にぶつかった。住宅街に入ると、人通りは少なくなる。

「啓明は満足していただろう。あのふたりが末永く夫婦でいるのなら、ありがたい」

支える振りで腰に手が回り、啓明は大きくため息をついた。

駅から八分。大きな欅《けやき》の木が見えたら、家はもう近い。

「雄二に突っかかるのはやめろよ」

「いつか、はっきりさせておく必要のあることだ。とはいえ、これほどに深い仲だとは思っていないだろうがな」

「だといいけど……何？」

「親友なら言っておいた方がいいのではないか」

「勘弁してよ……。ペラペラ話して回るタイプじゃないけどさ」

わざわざ言って回りたい話でもない。

「あの男は油断がならん」

「いや……結婚したわけだし」

腰に回った手を剝がして押し戻す。

「だいたい、あいつが俺をどーのこーの、あるわけないだろ。今日だって、俺のことを心配しているから、あぁやって頭を下げたんだろ。なんでもかんでも、おまえたちと同じにするなよ」

「その危機感のなさが、反対によかったのかもしれぬな」

「だからさー。なんだよ、それ」

笑いながら、欅の木を左に見て角を曲がる。木塀に囲まれた一軒家が、いまの住まいだ。

格子戸を開けて中に入った啓明は、いづなに腕を引かれた。

「そなたの心配を、他の誰かにしてもらいたくない」

人目につかない塀の陰に引き込まれ、手にしていた引き出物の袋を取り落とす。腕が背中に回り、突き放そうとした啓明の手がふたりの身体に挟まれた。

顔を覗き込んだいづなが、まさぐるようなキスをする。

「それは、私の務めだ」

凛々しい声は、堂々と嫉妬していた。

腰を撫でられ、髪をいじられ、キスが何度もくちびるに押し当たる。

「……んぅ……ぅ」

啓明は小さく身震いした。ぬめった舌先が、柔らかなふちをなぞり、一歩踏み込んだいづなの身体が迫りくる。

「……っ、やめっ……」

身をよじってくちびるを避けた。強引な手はあごを摑んで引き戻そうとする。

「……勃つ。勃っちゃうから、……やめろ」

「もう敷地内だ」

「敷地内なら、オールオッケーってわけじゃないだろ。……あっ、ぁ……触んなよ。いづ……。も、おまえっ」

嫌と言いながら、指の動きに翻弄された。啓明はいづなの長い髪を摑んだ。

「あっ、あぁ……ッ」

スーツのベルトがはずされ、ボタンに手がかかる。

「せめて、部屋の中まで待てよ」

「待てないのは、こっちではないのか？」

そう言って、下着の中に手が忍び込む。

「スーツ姿はめったに見れぬ」

「おまえ、一日中、そんなことばっかり考えてただろ！」

声をひそめて睨みつけると、いづなは小首を傾げて微笑んだ。

端整な顔立ちがゆるみ、幸せそうな微笑みが浮かぶ。胸の奥がきゅっと締めつけられ、啓明はたまらずに目を閉じた。

自分の下半身が、いづなの手の中で大きくなる。

「ヌシたまー。啓明ぃー。あれ、どこへ消えたべかぁ」

舌足らずな子供の声が聞こえ、啓明はびくりと身体を揺らした。

家の敷地内にいづなの気配がしたのだろう。探しにきた雪風巻がなおも声を張り上げる。

「若さま、来てるべなぁ！　……うぅん。どうすべか。早くせねば、覗き見られる」

その言葉に、啓明は自分のズボンの中からいづなの腕を引き抜いた。勃起していたものも、しゅんとなる。

若様と言えば、世話係の天狗たちを困らせている若い神・飯綱大権現《いいづなだいごんげん》の命夫だ。

「いづな。てめぇ、知ってただろ」

服の乱れを直しながら足を蹴飛ばすと、避けもせずに笑い返された。

「やっぱり隠れてたべな」

低木を掻き分けて庭へ向かうと、出会った頃より小さくなった雪風巻が転げそうな勢いで駆けてくる。

「やっぱりって言うな」

言い返しながら、ひょいと抱き上げた。

元から子供は嫌いじゃない。でも、雪風巻は特にかわいい。

中身の年齢が不詳すぎて、ときどき啓明にもわからないような難しいことを言い出す一方で、啓明としたボール遊びが楽しすぎて、買ってやったボールと風呂に入ろうとしたり、ボール用の布団を作ったりしているところがけなげだ。

「気にしゅることはねぇよ。ヌシたまは覗けねぇようにしてるべな。ワッチなんかには見えはせん。あいつはそれを覗こうとするから」

ときどき、『さしすせそ』が怪しくなる雪風巻は、『ヌシさま』と何度か繰り返して、首をひねる。やっと半分の確率だ。

庭先へ回ると、小ざっぱりとした身なりの男が一人、縁側で茶をすすっていた。パステルグリーンのシャツに、スカイブルーのジーンズ。耳には相変わらず、輪っかのピアスが並んでいる。

「やぁ、啓明くん」

一重の涼やかな目を細め、軽く手を挙げた。

啓明の腕から、雪風巻がシュタッと下りる。その機敏な動作は二歳児のものじゃない。

それでも心配しながら見守り、啓明は命夫へ視線を戻した。

「今日は、メシないぞ。友達《ダチ》の結婚式、行ってきたから」

「こんなところで油を売ってないで、さっさと山へお帰りなさい」

冷ややかな声で言うのは、いづなだ。

「やだよ。うちの天狗は口うるさくってしかたない。何かにつけちゃあ、おまえと比べられるし。知るかっつーの。それなら、啓明くんの顔を眺めてる方が、ぼくは楽しい」

「私は楽しくない」

「俺も、別に楽しくない」

ふたりでたたみかけると、ムッとした命夫が頬を膨らませる。

「仕事を持ってきてやったのに、つれないなぁ」

肩をすくめた命夫は、さほど気にしていない顔で足をぶらぶらと揺らす。持ち込まれる仕事は、どこそこの山や村にある、小さな鎮守の社を直して欲しいという依頼だった。

「今度はわりと大きな依頼みたいだよ。社の方はじいさま任せで結構だけどさぁ、彫りもの関係は啓明くんがやってくれない？」

「え？」

いきなりのことに、啓明は眉をひそめる。

「いいじゃない。置き物も装飾も、それほど変わらないから」

「変わるだろ」

「変わらないよ。なー、いづな。いいと思うだろ？」

命夫の問いかけにいづなが黙る。

啓明が振り返ると、無表情だったいづなは微笑んだ。

「持ち込んだのが、おまえというのは気にかかるが、悪くはない話だ。受けるといいだろう」

「マジかよ」

「マジだよ。何事も、やってみなきゃわかんないでしょ」

ぴょんと飛んだ命夫が庭に立つ。

「いづなだけに限定する必要だってないわけだしぃー」

触れようと伸びてくる手を、いづなが叩き落とす前に跳ねのける。啓明は、宙に浮いているいづなの手を掴んだ。

「俺も、こいつが持ってきたってのは嫌なんだけど、おまえが言うならやる。……やってみたいし」

見つめると、手を握り返された。

「……啓明、まんじゅうの匂いがするべな」

そんな中、雪風巻だけがマイペースだ。アカボシだなんだと、主人の事情に精通しているだけあって、啓明といづながどんなにいちゃついていても見て見ぬふりをする。

それどころか、子供らしからぬ気の回しようで、啓明を複雑な気分にさせたりするのだ。

「あぁ、引き出物に入ってんじゃないか」

いづなが持ってきていた袋の中を啓明が探ると、それぞれから一箱ずつ出てきた。

「食べていいよ」

雪風巻に渡すと、両手で捧げ持って跳ね回る。

「紅白まんじゅうだべな！　ヌシさまたちの分も茶を淹《い》れてくる」

「やっぱり子供だな」

啓明が頭を撫でると、雪風巻は不満げに頬を膨らませた。

「ワッチは子供でねぇよ！」

叫んだ瞬間、人間の耳が消え、ポンッとキツネ耳が生えた。一緒にしっぽも出てくる。

「あわわわ」

慌てて耳を押さえ、雪風巻は何やら呪文を繰り返す。耳が引っ込み、しっぽが消える。

でも、またすぐに現れた。

「ひっこまねぇべなぁ、ヌシさま」

「まだまだ修行が必要だな。もう夜が来るから、そのままでいるといい」

「キツネの耳、かわいいけどなぁ」

先端にチクチクと生えている毛を、啓明はいたずらに指先で撫でた。

「生やしちゃえばいいんじゃない？　かわいいと思うよー。啓明くんのケモノ耳」

命夫がのんきなことを言う。その手には、大慌てになった雪風巻の投げ出した饅頭《まんじゅう》の箱が載っている。

「こらぁ！　この泥棒！　それはワッチのまんじゅうじゃ！　返せ！」

飛びつこうとする雪風巻を、啓明はとっさに抱き押さえた。

「命夫。子供っぽいことをするな。ユキも、ひとつぐらい、やれよ。な？　残り、返せ」

手を差し出すと、二箱揃《そろ》って戻される。少しだけ軽くなっていた。

「おいしい饅頭だよ。毒も入っていないから、チビが食べても安全じゃない？」

命夫にからかわれ、啓明の片腕に抱かれた雪風巻が唸る。

「ふたつは、陰膳《かげぜん》に据えるんだべ」

「わかってる。わかってるって」

雪風巻を振り向かせ、その手に箱を持たせた。

どこへ行ったかわからない仲間の無事を祈って、そっと膳を供える子供の背中は、いつでも啓明の胸を締めつける。

「命夫！　おまえ、後で話があるからな。待ってろ」

睨みつけて念を押し、啓明は雪風巻を促した。一緒に家へ上がると、いづなもついてきた。

部屋の床の間に置いてあるふたつの木札の前で、雪風巻はせっせと膳の用意をする。

「追い返すなよ」

「そなたは命夫に優しすぎる」

不満げな声を出したいづなが表情を曇らせた。

「どこが。優しいわけないだろ」

「誰にでも優しいのが啓明の良いところだ。だが……」

「だが？」

話すふたりの目の前で、雪風巻は膳に載せた饅頭をそれぞれの木札に供えた。書かれている文字はいづなが書いたものだ。

「青北風《あおぎた》、春疾風《はるはやて》。どこでどうしてるだか？　祝いの席で出たまんじゅうじゃ。これを食べて、早う、ヌシさまの声に応えてくれろ」

そうしてじっと、手を合わせる。

「……ほんと、早く見つかって欲しいな」

雪風巻の小さな背中が愛しくてたまらず、啓明は静かに息を吐き出す。その肩にいづなの腕が回った。

「命夫に優しくしてるつもりはない」

いづなが何かを言い出す前に、啓明はぼそりと口にした。

「でも、俺の性格だな。さびしそうにしてるやつは放っておけないんだ。……例外もあるけど」

そう言って、いづなを振り返る。目の前のくちびるにそっと吸いついた。

「ユキには幸せになって欲しいと思う。でも、おまえはな、俺が幸せにしてやるから」

あー、と啓明は小さく声を出し、雪風巻が見ていないのを確かめ、続き間まで移動して襖《ふすま》を閉めた。

「……命夫は、説教したらすぐに帰す」

「啓明」

待ちきれない仕草で、いづなが首筋に指を這わせてくる。それだけでゾクッと痺れ、啓明もまた、強い興奮を思い出してしまう。

「キス、だけに……して。……いまは。絶対」

真剣に訴えると、微笑んだままのいづなが恭しくくちびるを近づけてきた。柔らかく抱きしめられ、その身体にしがみつく。

「おまえに、一番、優しいんだからな……」

キスの合間に、啓明は囁いた。

「満足だ」

答えるいづなの声が揺れる。その響きの心地よさに、啓明は身を任せた。

触れたくて触れられない焦れったさを抱え、くちびるを離してからくっつけていた額を離す。

手を繋いで見つめ合った。

啓明の中に愛しさが触れてくる。雪風巻に感じたものとは違うせつなさに、繋いだ手を引き寄せた。

キスだけでは埋まらない想いはいづなも同じだろう。

やっと見つけた半身を慈しみながら、互いの瞳を静かに覗く。


そこに輝く一粒の光を、明星と呼ぶ。

明けの明星はアカボシ。神さえも支える暁の星。

その名前を持つ啓明は、名実ともに、明神の力の源、『妻』になっていた。


そして、啓明にとってのいづなも、また――。言うには及ばない。

【終わり】

あとがき

こんにちは。高月紅葉です。

『明神さまの妻迎え』をお手に取っていただき、ありがとうございます。

またまた『嫁もの』ですが、今回のキーワードは『神さま・子供・モフモフ』。

雪風巻は書いていて楽しかったです。ムードメーカーですね。キャラを作ったときは、普通の口調の予定だったんですが、動き出したら方言っぽい何かになっていました。遠い昔、飢饉の被害にあったか、山に迷い込んでしまった子供のイメージです。

そんな雪風巻の大好きな『ヌシさま』こといづなですが、いつか『神さまとの婚姻』を書く機会があれば、と温めていた存在だったので、今回、担当さんからお題をいただけて嬉しかったです。天狗寄りのキャラでも良いところを神さま寄りにしたのには、神社マニアな理由がありまして……。私の住まいの近くにある神社なのですが、天狗伝説の残る山々を眺める場所に建てられているのに、現在の御祭神だとどうやら縁が薄い。違和感があるなぁと思って調べたところ、元々が飯綱の神でした。あー、それなら納得。ということで、地元とゆかりのある風の神としてのいづなを書きたいなぁと考えていたわけです（なぜ祭神が変わったのかは不明なまま。明確な理由が記録に残らないことが多いですね）。

ＢＬなので宗教的な説明は極力少なく、設定もゆるくしました。集中講義みたいになってもアレですので……。

啓明については、心霊体験の描写がゾワゾワしました。と同時に、雄二との間に恋愛フラグが立ちそうで（笑）。必死でフラグを折りまくり、なんとか無事にいづなとゴールイン。ホッとしました。

末筆になりましたが、この本の出版に関わっていただいた方々と、最後まで読んでくださっているあなたに心からのお礼を申し上げます。

次もまた、新しいお話でお会いできますように。

高月紅葉

ありがとうございました♥
den

本作品は書き下ろしです。

この本を読んでのご意見・ご感想・
ファンレターをお待ちしております。
〒101−0051
東京都千代田区神田神保町2−4−7
久月神田ビル7F
(株)イースト・プレス　アズ文庫 編集部

明神《みょうじん》さまの妻迎《つまむか》え

2015年3月10日　第1刷発行

著　者：高月紅葉《こうづきもみじ》

装　丁：株式会社フラット
DTP：臼田彩穂
編　集：福山八千代・面来朋子
営　業：雨宮吉雄・藤川めぐみ

発行人：福山八千代
発行所：株式会社イースト・プレス
〒101-0051
東京都千代田区神田神保町 2-4-7
久月神田ビル8F
TEL 03-5213-4700　FAX 03-5213-4701

http://www.eastpress.co.jp/

印刷製本　中央精版印刷株式会社

ISBN978-4-7816-1296-6　C0193

AZ+ プラス コミック
不純恋愛症候群《シンドローム》
山田パン
コミック・電子配信コミックの情報をつぶやいてます!!
アズプラスコミック公式twitter　@az_novels_comic